미필적 고의

미완적 고의

기윤슬 장편소설

한끼

차 례

I. 미필적 고의에 의한 살인	7
II. 거렁뱅이 아저씨와 멍청한 기집애	37
III. 고양이 앞의 쥐	73
IV. 마주친 구원의 순간	92
V. 스토커가 낸 수수께끼	114
VI. 오래된 진실	140
VII. 마병장수 남자의 시험	181
IX. 부디, 행운을 빌어	220
IX-II. 또 다른 결말	240
작가의 말	246

I

미필적 고의에 의한 살인

    고백하건대 나는 가까운 사람을 죽게 한 적이 있다. 이런 경험은 누구에게나 있는 게 아닐까? 알고 있느냐, 모르고 있느냐의 차이일 뿐. 사람은 누구나 다른 사람을 죽게 하며 살아간다. 직접적으로 피를 묻히지 않더라도. 저 사람이 죽게 되리란 걸 알면서도 내가 살기 위해선 상대를 궁지에 밀어 넣게 되는 게 사람이라고, 그것이 충실히 사는 거라고, 나는 믿어 의심치 않는다. 그러니 나를 향한 이런 공격은 온당치 않은 거다. 이런 비열한 방식으로 나를 공격하는 일은 있어선 안 된다.

∞

  비열한 스토커가 내 평온한 삶에 나타난 건, 내가 결혼 준비를 마음먹은 보름 전이었다. 유명 로펌의 변호사인 석현 씨와 내가 만난 지 어느덧 일 년이 넘었고, 나는 내심 그의 프로포즈를 기다리고 있었다. 그리고 보름 전에 석현 씨는 내게 아름다운 웨딩드레스와 영롱한 다이아몬드 사진이 첨부된 메시지를 보냈다.

「어때, 마음에 들어?」

나는 무슨 의미인지 알면서도 일부러 되물었다.

「응? 그게 무슨 뜻이야?」

그러자 석현 씨는 반가운 답장을 보내왔다.

「우리 이제 결혼해야지. 정식으로 결혼 준비하자.」

그 말에 나는 너무나 기뻐 함박웃음을 지었다. 그토록 기다리던 소식에 속으로 뛸 듯이 기뻤지만 간신히 기분을 가라앉히며 나는 석현 씨에게 답장을 보냈다.

「잠깐만, 석현 씨. 나, 급하게 보고할 게 하나 있어서.」

세상을 다 얻은 것만 같은 행복에 사로잡혀 있던 그때, 누군가로부터 카톡 메시지가 와 있었다. 무심결에 눌러본 나는 메시지 내용을 보자마자 소스라치게 놀랐다. 거기에는 11년 전에 있었던 퍼펙트 호프 화재 사고 현장 사진들이 있었다. 모두 불에 타버린 처참한 현장이 담긴 사진들…. 그중에서 나를 두렵게 한 건, 한 사람의 지갑과 학생증을 찍은 사진이었다. 사진 속 인물은, 유미였다. 한때 나와 같이 살았고, 나를 언니라 믿고 따랐지만 내가 매몰차게 버린 지독하게 운이 없던 여자애.

 낯선 이에게서 그 혐오스럽고 충격적인 사진들을 받은 뒤로는 도무지 일이 손에 잡히지 않았다. 혹시 또 어떤 메시지가 올까 불안해서 회의 중에도 자꾸 휴대폰을 확인했고, 석현 씨와의 데이트 내내 사진을 보낸 사람이 누구인지 미친 듯이 생각했다. 그럴 수밖에 없었다. 그 사진들을 보낼 수 있었던 건, 그 사고에 대해, 나와 유미의 일에 대해 알고 있다는 거니까. 그런데 아무리 생각해도 그럴 수 있는 사람이 생각나지 않았다. 내가 저지른 과거의 일은 완벽한 비밀이 되었기에 아무도 이런 일을 벌일 수가 없다.

 11년이 지나도록 아무 일도 없었다. 유미는 이미 죽었고, 누가 나를 심판한단 말인가? 나는 내게 메시지를 보낸 작자가 궁금했지만 그렇다고 뭔가를 할 수도 없었다. 무슨 이유로 이 사람을 신고한단 말인가? 이 사람은 단지 11년 전 세상을 떠들썩하게 했던, 스물한 명의 사상자를 낸 화재 사고 현장 사진들을 보냈다고 하면 그만인데.

느낌이 좋지 않았지만 더는 아무 일 없기를 바라는 수밖에 없었다. 그러나 나의 바람은 결국 이루어지지 않았다. 그 낯선 작자가 어떻게 알았는지 이메일로도 내 치부를 보내왔기 때문이다. 그건, 5년 전에 내가 괴로운 마음에 인터넷에 유미를 죽게 한 얘기를 축소해서 쓴 글이었다. 내가 유미에게 저지른 일이 그리 큰 잘못은 아니지 않느냐는 물음…. 그때 내가 썼던 글은… 확인을 구하는 글이었다. 하지만 그 글에는 원치 않는 답변이 달렸다.

「미필적 고의에 의한 살인은 될 수 있지 않을까요?」

그 답변을 보자마자 나는 내가 올렸던 글을 바로 삭제해버렸다. 알고 보니 그 밑에 또 다른 답변이 달렸었고, 스토커는 내가 미처 확인하지 못했던 그 답변까지도 함께 보냈다.

「동생을 죽인 살인자」

나는 이걸 보자마자 나도 모르게 자리에서 일어나버렸다. 그 바람에 사무실 안에 있는 회사 사람들이 일제히 나를 보았지만, 나는 아무런 말도 할 수가 없었다.

그 후로 이 스토킹이 끝나지 않을 거란 예감에 두려웠다. 내가 가장 두려웠던 건 석현 씨가 이 일을 알게 되는 거였다. 스토커가 벌이는 짓이 석현 씨와의 결혼에 방해가 될까… 나는 그것이 두려웠다. 석현 씨와의 데이트 중에도 나는 자꾸만 주위를 살폈다. 스토커가 나와 석현 씨를 보고 있는 건 아닐까 하는 생각이 머릿속을 떠나지 않았다. 나는 정체 모를 스토커가 두려웠다. 스토커가 이 일을 그만하길 간절히 바랐다. 그러나 그럴수록 스토커는 내 뒤로 한 발짝 더 다가와 있었다.

그리고 마침내, 스토커는 나에게 끔찍한 기억을 보내왔다.

현관 앞에 놓인, 송장도 없는 낡은 상자를 열었다. 스토커가 두고 간 택배상자를 열자마자, 나는 숨이 멎는 줄 알았다. 택배상자 안에는 끔찍한 것들이 담겨 있었다. 그것은 오래전, 나로 인해 죽은 동생 유미의 지갑과 유미가 죽은 화재 사고가 실린 기사였다. 기사 속 사망자 명단에는 유미의 이름이 적혀 있었다.

「성원시 호프 참사 21명 사상… 사고로 보는 우리 時代 안전 불감증」
(…)
△ 사망자 명단
방태경(남, 21세)

이유미(여, 18세)

(…)

신문 기사 뒤로는 3분의 1쯤 타버린 유미의 지갑과 잿가루가 담겨 있었다. 지갑 안에는 유미의 학생증이 들어 있었다. 교복을 입고 머리핀을 머리에 꽂은 채 천진난만하게 웃고 있는 얼굴은 열일곱 살의 유미였다. 유미는 이듬해, 고작 열여덟이라는 나이에 죽었다. 그리고 어린 유미를 그 화마火魔 속으로 보냈던 건, 다름 아닌 나였다. 갓 스무 살이 되었던 나 말이다.

생각이 여기까지 이르렀을 때 나는 퍼뜩 정신을 차렸다. 이 흉악한 물건을 집에 둘 수는 없었다. 나는 상자째 다시 들고 밖으로 나갔다. 그러나 이걸 어디에 버릴 수 있을지 막막했다. 이걸 어디에 버려야 할까. 어디에 버릴 수 있을까. 더욱 소름 끼쳤던 건 그런 나를 어딘가에서 스토커가 보고 있을지 모른다는 사실이었다.

∞

「오늘은 저녁 8시에 보자.」

석현 씨에게서 문자가 왔다. 석현 씨 문자를 받자 숨이 쉬어지는 기분이었다. 석현 씨는 내 인생의 찬란함이자 빛이었다. 석현 씨와 결혼하고 나면 내 인생은 지금보다 찬란하게 빛날 거라 확신했다. 그렇게 되면 지난날 가난으로 얼룩진 초라한 나의 과거는 완전히 보상받을 수 있을 것이다.

그런데 완전한 행복을 앞두고 갑자기 스토커가 내 인생에 침입해 온 것이다. 스토커는 오랜 시간이 지난 나의 죄를 추궁하고 있었다. 11년이 지난 일을…. 누구일까? 지난날의 죄를 꺼내어 나를 이토록 불안하게 하는 건 누구일까? 하지만 그렇게 두렵지는 않았다. 그저 혼란스러울 뿐이었다. 그런데 '동생을 죽인 살인자'라니? 내가 유미를 죽인 게 아닌데, 누군가 마치 그런 것처럼 나를 옥죄고 있었다. 나는 유미가 죽었으면 하고 바랐던 것뿐이고 유미의 운명이 마침 그걸 받아들였던 것뿐이다. 누구나 사람에겐 운명이 있는 거고, 자신의 운명을 받아들일지 말지는 각자의 선택이 아닌가? 나는 나의 운명을 받아들였던 거다.

유미의 죽음은 나에게 새로운 인생의 기회였지만, 맹세코 내가 유미의 죽음에 기뻐했던 건 아니었다. 다만 나는 안도감을 느꼈다. 나로서는 유미가 죽어준 게 다행이었으니까. 그런데 이런 식으로 과거의 일이 깨어나는 건 옳지 못하다. 결혼을 앞둔 신부에게 불행이란 어울리지 않는 법이니까.

나는 원래 비혼주의자였다. 내 눈에 차는 완벽한 남자는 나를 선택할 리 없다고 생각했고, 그렇다고 아무 남자와 결혼할 마음은 없었다. 내 인생을 획기적으로 바꾸게 할 완벽한 남자와 할 게 아니면 결혼할 필요가 없다고 생각했고, 설령 완벽한 남자라 하더라도 내가 을로 살아야 하는 결혼은 하지 않으리라고 마음먹었었다.

문제는 항상 나의 과거였다. 내 과거를 알면서도 나를 사랑해 줄 남자가 있을까? 난 항상 이 물음에 자신이 없었다. 지금 이 완벽하고 잘난 내 모습과는 180도 다른 내 과거를 알면서도 나를 무시하지 않고 잘해줄 잘난 남자가 있을까? 나는 이것에 자신이 없었다.

유미에게 줘야 할 돈을 들고 서울로 올라와 그 돈으로 명문대에 입학하고 캠퍼스를 걸으며, 내 주위의 잘사는 애들과 어울리면서도 한편으로 난 혼란스러웠다. 동기 중에서 나와 친했던 애들은 모두 집안이 좋고 잘사는 애들이었다.

나는 그들과 같은 대학을 다녔고, 겉으로 봐도 엄마에게서 물려받은 예쁘장한 얼굴에 하얀 피부, 적당한 키 덕에 난 항상 그럴싸해 보였다. 아니, 오히려 겉으로 보이는 외모나 성적 모두에서 나는 그 애들보다 뛰어났다. 하지만 그 애들과 어울리면서도 나는 내가 그 애들과 다른 부류의 인간이라는 걸 단 한 번도 잊은 적이 없었다. 대학 시절 나와 가장 가까웠던 친구는 어머니 생일에 어떤 선물을 살지 백화점에서 고민할 때, 나는 나를 두고 집을 나간 엄마가 실종된 지 5년이 지난 걸로 내 손으로 엄마를 사망 신고해야 하는 처지의 삶을 살았으니까. 겉으로야 하하, 호호 웃으며 그 애들과 떠들었지만, 난 한 번도 내 인생이 그 애들처럼 여유 있다고 생각해 본 적이 없었다. 그 애들의 인생은 태생부터 나의 인생과는 달랐기에.

  나는 자라면서 인생은 정해져 있는 거로 생각했다. 좋은 인생을 타고난 사람은 살면서 좋은 인연을 만나고 안전한 삶을 살아간다. 하지만 나처럼 그렇지 못한 인생을 갖고 태어난 인생은 그게 뜻대로 되지 않는 법이다. 거기에서 벗어날 수 있는 유일한 방법은 한 번쯤 누군가에게 나쁜 사람이 되어 기회를 얻는 것뿐이다. 그 기회를 통해 후진 인생에서 벗어나는 것이다. 그렇게 나는 기회를 얻었고, 지금의 삶을 얻을 수 있었다.

하지만 내가 이렇게 새로운 삶을 얻었다는 건 다른 사람에겐 비밀로 해야 하는 일이었다. 그래서 나는 완벽한 남자를 만날 수 없다고 생각했다. 평균보다 못 미치는 내 과거를 알면서도 날 택해줄 잘난 남자는 이 세상에 없다고 생각했었다. 하지만 석현 씨는 달랐다. 석현 씨는, 편견이 없는 사람이었으니까.

처음 석현 씨를 알게 됐던 건 2년 전이었다. 우리 회사 소송에 석현 씨가 속한 로펌을 고용하면서 그를 알게 되었다. 솔직히 말하자면 유명 로펌의 젊은 변호사라는 남자에 대해 궁금증이 생겨, 석현 씨를 처음 만나기도 전에 정석현이라는 이름을 인터넷에 검색해 봤다.

'가질 수는 없어도 꿈꿀 수는 있잖아?'

나는 내가 갖지 못할 남자들을 잘 알고 있었다. 하지만 그런 남자들에게 끌리는 게 바로 나라는 사람이었다. 내 눈에 차지 않는 남자들은 나를 일방적으로 좋아하곤 했다. 마치 해바라기라도 된 것처럼 말이다. 대학 시절부터 지금까지 날 짝사랑하는 종욱 선배가 바로 그랬다. 하지만 나는 지금까지 종욱 선배에게 눈길조차 주지 않고 있다. 늘 그렇듯 선은 넘으면 안 되는 법이니까. 그리고 선을 넘지 않는 건 나 역시 마찬가지였다. 잘난 남자들이 겉으로 보이는 내 모습만 보고 나에게 관심을 표현해도 나는 그들이 결코 나와 결혼까지 가지 않으리라는 걸 잘 알았다.

'그래도 알아보는 것 정도는 죄가 아니잖아?'

나는 이런 마음으로 정석현이라는 남자를 검색했고, 알면 알수록 그가 좋아졌다.

그는 좋은 집안에서 태어났다. 나는 꿈도 못 꿀 그런 집안 말이다. 그의 아버지는 국내 1위 대형 로펌의 로펌장이었고, 어머니는 유명한 한복 디자이너였다. 나는 그의 어머니 임선경을 어릴 적 TV 속 아침 프로그램에서 본 적이 있었다. 그녀는 성공한 여자였고, 인자한 미소를 지닌 우아한 여자였다. 나는 어린 나이일 때부터 그런 인자한 미소는 아무나 가질 수 없다는 걸 잘 알았다. 내가 살던 동네에는 그런 미소를 가진 사람이 아무도 없었으니까.

어릴 때는 멋모르고 나도 크면 임선경 같은 우아한 여자가 될 줄 알았다. 나는 똑똑하고 예쁜 편에 속하니까. 그래서 나만 열심히 하면, 나만 열심히 공부하고 노력하면 그런 사람이 될 수 있을 거로 생각했다. 하지만 그런 임선경조차 좋은 집안에서 자란 유학파 출신이란 걸 알게 되었을 땐, 그리고 우아한 사람으로 살려면 그런 게 필요하다는 걸 알게 되었을 땐 어쩐지 입맛이 비릿해지는 기분이었다.

어릴 때 엄마와 은행에 갔던 날, 소파 옆에 꽂혀 있는 여성지를 보다가 임선경의 인터뷰를 본 적이 있었다. 가족 인터뷰였다. 인터뷰 안에는 행복해 보이는 가족사진이 있었는데, 왼쪽에는 국내 굴지의 로펌 대표인 정희수가 앉아 있었고, 오른쪽에는 곱게 한복을 차려입은 임선경이 앉아 있었다. 그리고 그 뒤에 서 있는 건, 멀끔한 정장을 차려입은, 유난히 하얀 피부와 선하게 잘생긴 이목구비를 한 그들의 하나뿐인 아들이었다. 그들 가족이 다정히 손을 잡고 찍은 가족사진은 내 눈을 사로잡을 만했다. 정말이지 완벽한 가족사진이었다. 나 같은 건 절대 가져볼 수 없는. 인터뷰 내용은 기억나지 않는다. 하지만 그 행복해 보이는 가족사진만은 또렷이 기억에 남았다. 매우 아름답고 특별한 인생으로 보였으니까.

정석현이라는 변호사가 바로 그 행복했던 가족사진에 등장했던, 유명 한복 디자이너 임선경의 아들이었다. 내가 어린 시절 동경했던 가족사진 속에 나왔던 사람. 그런 사람을 만난다고 했을 때 끌리는 마음이 드는 건 사실이었다.

속으로는 그랬지만 정작 만났을 때 나는 결코 내 마음을 드러내지 않았다. 석현 씨 정도면 겉으로 보이는 걸로만 따져도 나 같은 여자는 안중에 없을 거라고 생각했기 때문이다. 좋은 직업에 수려한 외모를 가진 석현 씨가 나 정도의 여자에게 아쉬울 것도 없을 테고, 석현 씨 주위엔 나보다 예쁘고 잘난 여자들이 분명 많을 테니까. 그래서 나에게 관심 두지 않으리라고 생각했었다. 그리고 그건 내가 상처받지 않기 위함이기도 했다. 내가 상처받는 건 몹시 싫었으니까. 그래서 처음 만났던 날, 석현 씨를 본 순간부터 마음이 설레면서도 한편으로는 최대한 석현 씨를 마음에 두지 않으려 노력했다. 몇 번의 회의를 하는 내내 석현 씨에게 시선을 두고 싶은 마음은 굴뚝같았지만, 나는 일부러 관심을 자제하고 필요한 말이 있을 때만 간략히 말을 하는 정도로 석현 씨를 대했다. 하지만 석현 씨는 그런 나를 다정히 대해주었다. 처음에는 그저 날 친절히 대하는 걸 거라고 마음속으로 선을 그었다. 그러나 그가 나를 단순히 친절히 대한 게 아니라 다정히 대한 거란 걸 깨달았을 때 내 가슴은 무척이나 뛰었다.

"현주 씨는 주말에 뭐 하며 시간 보내요?"
"고려대 나왔다고 했죠? 그럼 연고전 할 때 한 번쯤 마주친 적 있지 않았을까요? 우리 고작 한 학번 차이인데…."

석현 씨는 서울대 로스쿨 출신이었지만 학부는 연세대를 나왔고, 내가 나온 고려대와 엮어서 농담을 걸어오곤 했다. 그런데 그날은 특별했다.

"…그러니까 우리가 인연이죠."

처음에는 내가 뭔가를 잘못 들었나 하는 생각이 들었다. 석현 씨가 먼저 다가왔을 때, 나는 그저 괜히 기대에 차서 설레발치는 일을 저지르지 말아야겠다는 생각을 했다. 우스운 착각 따위 절대 하지 않겠다고….

하지만 내게 먼저 마음을 고백해 온 것은 석현 씨였다. 그래도 나는 쉽게 마음이 들뜨지 않았다. 그건 촌스러운 여자들이나 하는 거니까.

"전… 쉽게 시간을 버릴 만큼 한가한 사람이 아니에요. 보기와는 다르게 여유롭지 못하거든요."

그때 우리는 모두가 나간 회의실에 단둘만 남아 있었다. 애써 무덤덤한 표정을 지으며 내가 바란 건, 확신이었다. 그가 나를 진심으로 마음에 들어 한다는 확신. 그가 나를 원한다는 신호만 보내오면 나는 기꺼이 길을 건널 마음의 준비가 되어 있었다. 다만 문제는 내게 길을 건널 신호가 들어왔냐는 거였다. 조심스러워하는 나를 향해 석현 씨가 부드러운 목소리로 물었다.

"현주 씨는 연애할 생각 없어요?"

"아뇨, 그게 아니라 의미 없는 장난 같은 거에 시간을 쓸 만큼 한가한 사람이 아니란 뜻이에요."

그러자 석현 씨가 서운해하는 얼굴로 말했다.

"제가 장난하는 걸로 보여요? 저도 한가한 사람 아니에요. 제가 자꾸 현주 씨에게 연락하고, 이렇게 현주 씨 얼굴을 더 보려고 하고, 현주 씨와 시간을 보내려 하는 건 다 현주 씨를 특별하게 생각하기 때문이죠. 여태껏 못 느꼈어요? 내가 현주 씨 좋아하고 있는 거. 이렇게 좋아하는 감정, 특별해요. 나, 현주 씨 좋아해요. 매우 특별한 감정으로 현주 씨를 좋아하고 있어요."

석현 씨의 입에서 그 말을 들었을 때 내 마음에 불씨가 당겨졌다. 그리고 그 불씨는 나로 하여금 이 남자를 어서 붙잡으라고 재촉했다. 석현 씨를 붙잡으라고.

그러나 나에게는 더 큰 확신이 필요했다. 내가 그와 전혀 다른 사람이라 할지라도 그가 나를 사랑할 수 있는지 말이다. 그래서 나는 연애 초반에 그에게 내 과거의 절반 정도를 그에게 털어놓았다. 딱 절반어치의 진실을 말이다.

우리가 처음 관계를 가졌던 날, 나는 그에게 내 과거의 절반을 말해주었다. 물론 관계를 갖기 전에 말이다.

    나는 그즈음 그가 나를 갖고 싶어 한다는 걸 알아챘다. 그 전에 얘기해 둘 것이 있었다. 나는 이자카야에서 그와 따뜻한 사케를 마시며 말했다.
    "나, 사실… 석현 씨가 생각하는 여자는 아니야."
    그러자 석현 씨는 언제나처럼 장난기 어린 얼굴을 하고서 물었다.
    "내가 생각하는 여자가 어떤 건데?"
    "석현 씨 같은 여자."
    "나 같은 여자?"
    "그래, 석현 씨 같은 여자. 부족한 것 없는 환경에서 태어나고 자라 좋은 사람들 만나고, 값나가는 물건 얼마든지 쉽게 사고, 아무 걱정 없이 행복하게 살고…. 그런, 때 묻지 않은 고운 인생 사는 여자들 말이야."
    그러자 석현 씨는 빙긋 웃으며 말했다.
    "그건 자기소개 아니야? 다 자기 얘기 같은데?"
    "아니야, 난. 그런 사람 절대 아니야. 난 그럴 수 없어. 왜냐하면 나는 겉으로 보기에만 그렇거든. 겉으로 보이는 내 모습, 내 직업, 내 학력을 가진 사람들과 나는 전혀 다른 인생을 살았어. 석현 씨는 이름도 들어본 적 없는, 촌구석이나 다름없는 도시에, 그중에서도 가난한 동네에서 살았어. 아버지는 어릴 적에 나와 엄마를 두고 집을 나갔고, 엄마는… 내가 가장 예민하고 중요한 시기, 그것도 고3 때 수능을 넉달 남겨놓은 상황에서 집을 나갔어. 그 탓에 난… 가장 예민한 시기를 겨우겨우 버티며 대학에 온 거지. 운 나쁘게 가난한 환경에서 태어나 고아처럼 자랐지만, 머리 좋고 공부 잘해서 잘난 사람들 속에 간신히 섞이게 되었어. 하지만 내가 석현 씨와 전혀 다른 종류의 사람이라는 거… 석현 씨가 알아둬야 할 것 같아서."

말을 마친 나는 석현 씨의 눈치를 살폈다. 석현 씨는 전혀 당황하는 기색 없이 술잔을 들어 술을 마셨다. 나는 무척이나 떨렸지만 석현 씨는 전혀 상관없다는 기색이었다. 나는 그런 석현 씨를 보며 속으로 물음이 생겼다.

'도대체… 왜?'

그런 내 물음을 알기라도 한 것처럼 석현 씨가 술잔을 내려놓으며 말했다.

"왜 내가 그런 얘기를 알아두면 좋을 것 같단 거야?"

"그래야… 석현 씨가 선택을 할 수 있으니까."

"선택? 무슨 선택?"

"나와 진지한 관계로 이어나가지 않을 거면… 차라리 진지한 관계를 맺을, 석현 씨와 잘 어울리는 여자를 만나는 게 낫지 않을까 싶어서. 석현 씨나 나나 둘 다 서른이 넘었잖아."

"진지한 관계라는 건… 결혼을 말하는 거야?"

나는 부정하지 않았다. 그리고 후련하게 털어놓으니 마음 정리도 어느 정도 된 것 같았다.

'여기까지가 좋겠어, 우리는.'

하지만 석현 씨의 대답은 뜻밖이었다.

"결혼을 말하는 거라면… 네가 내게 그 얘기를 털어놓기 전이나 후나 달라진 게 없어."

얘기를 털어놓기 전에도 석현 씨는 결혼 생각 없이 나를 만났다는 것인가? 내가 겉으로 보기에도 석현 씨에게 결혼 상대로 눈에 차지 않았던 걸까? 그러나 석현 씨는 나를 따뜻하게 바라보며 말했다.

"난 널 단 한 번도 진지하지 않게 생각한 적이 없어. 넌 내 이상형이거든. 지금 이 순간에도."

심장이 널뛰는 기분이었다. 그 순간, 나는 이런 생각이 들었다. 지금 뛰고 있는 이 심장이… 과연 진정될 수 있을까? 그럴 정도로 그 순간은 내게 환희에 찬 순간이었다.

"약속할게, 너와 결혼하겠다고."

석현 씨는 내 손을 잡아 쥐었다. 큼지막한 석현 씨의 손이 그날따라 유독 따뜻했다.

그날 이후로 우리 사이는 더욱 돈독해졌고, 그로부터 1년이 흐른 지금, 우리는 결혼 이야기를 하기 시작했다. 내 행복이 목전에 다가와 있었다. 그런데 바로 이때, 내가 가장 행복해야 할 이 순간에 정체 모를 스토커가 나의 과거를 캐묻고 있는 것이었다. 가슴속에 누군가의 죽음을 묻고 살지 않았느냐고, 누군가의 죽음 덕에 이만큼 살아오지 않았느냐고…. 그 악의에 찬 질문은 질기게 나를 괴롭히고 있었다.

여태껏 숨죽인 채로 있다가 바로 지금, 이 순간에 말이다.

퇴근을 하고 석현 씨와의 약속 장소에 가기 위해 주차해 놓은 곳으로 가보니 누군가 내 차의 타이어를 펑크낸 게 보였다. 나는 펑크 난 타이어를 보며 짜증이 일었다. 스토커 말고는 내게 이런 짓을 할 사람이 없었다. 놈은 이미 내 가까이에 와 있었다. 처음에는 휴대폰과 이메일로 연락을 하더니, 그다음에는 집으로 끔찍한 물건을 직접 보냈다. 그리고 이제는 내 차가 어디에 주차되어 있는지까지 알고 있었다. 주위를 둘러보았지만 수상쩍은 사람은 아무도 보이지 않았다.

머릿속이 복잡해지는 와중에 종욱 선배에게서 전화가 걸려왔다. 귀찮아서 받지 않을까 하다가 마음을 바꿔서 전화를 받았다. 종욱 선배에게 부탁했던 게 생각이 나서였다.

─ 현주야. 나, 마침 네 회사 근처 지나는 길인데, 네가 저번에 부탁했던 거 갖다줄까 해서.

내가 직접적으로 한 부탁은 아니었다. 도움이 필요하다는 내 하소연에 종욱 선배가 나서서 도와주겠다고 했던 것이었다.

"아, 고마워, 오빠."

─ 고맙긴.

종욱 선배가 한껏 들떠 있는 게 수화기 너머로 느껴졌다. 종욱 선배는 '오빠' 소리를 좋아한다. 하지만 내 마음속에서 종욱 선배는 어디까지나 '선배'일 뿐이다.

"그럼, 그렇게 해. 오빠."

─ 응?

"여기로 오라고."

─ 아. 그래, 그럴게.

"그런데 하나 더 부탁해도 될까?"

─ 뭘?

"이왕 여기 온 김에 나 좀 사당 쪽에 내려줘. 내 차에 펑크가 나는 바람에 갈 수가 없네. 약속 시각에 늦으면 안 되거든."

―아, 그래? 나도 마침 그 근방 갈 일이 있는데, 그러지 뭐.

예상대로였다. 종욱 선배는 나에게 늘 오는 사람이니까.

종욱 선배의 차가 왔다. 종욱 선배는 내가 차에 타자마자, 내가 부탁했던 자료를 건네주었다.

"여기, 이거."

나는 대강 보는 척하면서 꼼꼼히 살펴보았다. 내가 기대한 것 이상으로 잘해주었지만 나는 일부러 덤덤한 얼굴을 하고서 말했다.

"기한 맞춰준 거 고마워. 안 그러면 곤란했을지 몰라."

"나도 여유 시간에 해준 건데, 뭘."

다들 그렇게 말했다. 종욱 선배뿐만이 아니라 나에게 관심을 가지고 다가오는 남자들 모두가 그랬다. 물론 그들은 가진 것도, 잘난 것도 없는 남자들이었다는 게 아쉬운 일이었지만 말이다. 그들은 하나같이 사귀고 싶은 마음이 들지 않는 그렇고 그런 남자들이었다. 딱 종욱 선배 같은. 단지 차이가 있다면 종욱 선배는 내가 아무것도 해주지 않아도 변치 않고 붙어있다는 거다.

"…그럼 그리로 갈까?"

남자친구와의 약속 장소에 가는 거란 걸 듣자, 종욱 선배는 힘없는 얼굴을 하고서 차를 출발시켰다. 나도 종욱 선배도 서로 다른 연인을 사귀었지만 종욱 선배는 계속 내 주위를 맴돌았다. 나야 나쁠 것이 없지만 말이다.

종욱 선배의 차가 사당 근방에 들어섰을 즈음 나는 종욱 선배에게 말했다.

"오빠, 저기서 내려줘."

그러자 종욱 선배가 의아해하며 물었다.

"응? 아직 약속 장소 안 왔는데?"

내가 미처 생각하지 못한 것이 있었다. 혹시라도 우연히 내가 종욱 선배의 차에서 내리는 모습을 석현 씨가 본다면 오해할 수도 있겠다는 생각이 뒤늦게 난 것이다. 그 생각이 들자, 종욱 선배의 차를 괜히 탔다 싶어 짜증이 일었다. 순간 나는 짜증을 누르고 애써 웃으며 말했다.

"여기부턴 길이 좁아서 더 들어갈수록 정차하기 힘들어질 거야. 어차피 코앞인데, 여기에서 내려주면 내가 걸어서 갈게. 거뜬해."

종욱 선배의 생각은 나에게 있어 궁금한 것도, 중요한 것도 아니었기에, 나는 종욱 선배의 대답은 듣지도 않은 채 곧장 차에서 내렸다.

 약속 장소에서 꽤 떨어진 곳에서 걸어간 탓이었을까. 나는 약속 시각에 늦고 말았다. 약속 장소인 카페에 가서 보니, 석현 씨가 이미 자리에 앉아 커피를 마시고 있었다. 나는 서둘러 석현 씨 옆자리에 앉으며 말했다.
 "미안해, 석현 씨. 내가 늦었지?"
 "그렇네, 늦었네."
 내 기대와는 달리 석현 씨 표정은 무뚝뚝하게 굳어져 있었다. 사귀고 나서 처음으로 본 무뚝뚝한 얼굴에 나는 당황하지 않을 수 없었다.
 "석현 씨, 오늘 회사에서 무슨 안 좋은 일 있었어?"
 석현 씨의 기분을 자연스럽게 풀어주려고 물은 것이었는데, 석현 씨는 이내 불편한 기색을 드러냈다.
 "갑자기 왜 내 회사 얘기가 나와?"
 "응?"
 "그렇잖아. 네가 약속 시각에 늦었는데, 왜 내 회사 얘기가 나오느냐고. 지금 문제는 네가 날 기다리게 한 건데."
 아뿔싸. 나는 뒤늦게 내가 실수했다는 걸 깨달았다. 한발 늦게 사과했다.

"미안해, 석현 씨. 내가 당연히 사과부터 해야 했는데…, 오늘따라 석현 씨 표정이 안 좋아 보여서 석현 씨한테 안 좋은 일이 있었나 했어. 나는 안 좋은 기분을 풀어주려고 했던 건데, 내가 순서가 틀렸었나 봐."

"무슨 일 있는 건 내가 아니라 너 아니야?"

석현 씨의 물음에 정곡이 찔리는 기분이었다.

"요즘 들어 너 너무 이상해. 연락해도 제때 안 받고, 약속 시각에 늦는 걸 아무렇지 않게 생각하고. 혼자 무슨 생각을 하는 건지 도무지 알 수가 없어. 너야말로 무슨 일 있는 거 아냐? 다른 남자를 만나고 있다거나…."

나는 예상치 못한 석현 씨의 오해에 크게 당황하고 말았다. 석현 씨가 내 눈을 보며 물었다.

"너… 누구 만났지?"

"아니야, 회사에서 바로 왔어. 10분 늦었다고 해서 그사이에 누굴 만날 수 있는 건 아니잖아."

"그렇다면 네 휴대폰 보여줘."

"…응?"

"네 최근 통화 목록, 카톡이랑 보여줘. 그러면 한 번에 해결되는 거 아니야?"

그럴 수는 없었다. 그러면 뻔히 내가 종욱 선배와 연락을 주고받은 것을 보게 될 테니까. 그러면 나에게 묻게 되겠지. 박종욱이란 사람은 누구냐고. 그러면 나는 그 질문에 뭐라고 대답한단 말인가? 좋아하진 않지만 필요할 때 연락하는 사람? 그런데 그게 대답이 될 수 있을까? 그 대답이 석현 씨에게 이해받을 수 있을까?

나는 테이블 위에 올려져 있던 휴대폰을 도리어 손에 쥔 채로 말했다.

"휴대폰은… 업무 관계로 엮여 있는 것들이 있어서 보여줄 수 없어."

그러자 석현 씨는 차가운 목소리로 말했다.

"그래? 그러면 나도 내 생각을 말할게. 우리 당분간 시간을 갖자. 이대로 결혼은 무리인 것 같다."

나는 석현 씨의 냉정한 모습에 어찌할 바를 몰랐다. 석현 씨를 붙잡아야 할 것 같았는데, 석현 씨는 내 손이 미처 닿기도 전에 가게를 휭하니 나가버렸다. 나는 너무 곤혹스러워 아무런 말도 할 수 없었다. 스토커의 공격에 간신히 버티고 있는데, 석현 씨와의 사이도 나빠지고 말았다.

집에 돌아온 후로 나는 어떻게 해야 할지 고민했다. 석현 씨에게 스토커 얘기를 해야 하나, 그렇게 해서라도 오해를 풀어야 하나…. 하지만 선뜻 결정할 수가 없었다. 나는 스토커에게서 받았던 이메일을 다시 확인했다. 과연 이걸 석현 씨에게 보여줄 수 있을까? 나 자신에게 물어봤지만 내 대답은 '할 수 없다'였다.

이메일에 첨부된, 인터넷에 썼던 내 글에는 답변 두 개가 달려 있었다. 오래전 불안한 마음에 썼다가 불길한 마음에 삭제해 버렸던 과거의 글. 나는 그때 썼던 글을 빠른 속도로 읽어 내려갔다. 너무 흥분한 터라 글자들이 제대로 눈에 들어오지 않았다. 하지만 이 문장 앞에서 내 시선은 멈출 수밖에 없었다.

「…엄밀히 말해 이건 살인이 아니지 않나요?」

그러나 밑에는 다음과 같은 답변이 달려 있었다.

「…미필적 고의에 의한 살인은 될 수 있지 않을까요?」

「동생을 죽인 살인자」

이걸 보여주고도 석현 씨와 결혼할 수 있을까? 석현 씨가 내 말을 다 믿어줄까? 석현 씨같이 곱게만 자란 남자가 내 과거를 다 이해해 줄 수 있을까? 그럴 리는 절대로 없었다. 다른 건 몰라도 석현 씨가 유미의 죽음에 관한 것까지 알아서는 안 되었다. 그걸 알고 나면 나에 대해 오해할 테니까.

오랜 고민 끝에 나는 내가 해결해야겠다는 결심을 했다. 최대한 빨리…. 이제 막 완벽해지려는 내 삶을 망가뜨리는 일을 가만히 두고 볼 수는 없었다. 완벽하게 잘난 남자가 날 사랑해 주는 일은 다시 오지 않을 거다. 행복해지는 데는 노력이 필요한 법이니까. 11년 전과 마찬가지로 난 내가 행복해지기 위한 노력을 다할 거다. 운명은 날 여기까지 이끌었고, 그 전까지 잡음이 있었다 해도 그것들은 모두 과거에 불과하다. 과거를 캐묻는다는 건 원래 악질들이나 하는 짓이니까. 나는 이 악질을 잡아야 했다.

스토커에게서 온 메일을 완전히 삭제하고 나니 종욱 선배에게서 전화가 걸려왔다. 나는 괜히 낮에 종욱 선배 차를 타는 바람에 석현 씨와의 약속에 늦었던 게 생각이 나서 무뚝뚝하게 전화를 받았다.

"오빠, 왜?"

―그냥… 잘 들어갔나 궁금해서.

"잘 들어갔어."

― 내가 준 거 자세히 확인은 해봤고? 어때?

나는 책상 앞에 앉아 종욱 선배가 준 자료들을 살폈다. 완벽한 자료였지만 낮에 일도 있고, 종욱 선배가 내게 칭찬받고 싶어 하는 게 너무 티 나서 그렇다고 말해주고 싶지 않았다.

"아까 말했잖아. 그런대로 나쁘지 않다고. 내가 나중에 밥 한 번 살게, 좋은 걸로."

― 그래도 쓸 만하다니 다행이다. 난 여자친구가 불러서 이만 끊을게.

"어, 그래."

전화는 자연스럽게 끊었지만 종욱 선배의 여자친구 얘기가 조금 걸리기도 했다. 한동안 여자친구를 사귀지 않더니 새로 여자친구를 사귄 모양이었다.

'이번에는 얼마나 가려나?'

종욱 선배는 이따금 연애를 했지만 잘 되지는 않았다. 종욱 선배를 알게 된 후로 종욱 선배가 여자친구를 사귄다는 얘기를 처음 들었을 때는 당혹감이 들기도 했다. 나를 좋아하면서 다른 여자를 사귈 수 있나? 하는 생각이 들었던 것이다.

그러나 모든 건 시간이 지나 드러나는 법이다. 종욱 선배의 무미건조한 연애는 항상 오래가지 못했고, 그럴 때마다 나는 종욱 선배의 마음이 나에게서 벗어나지 못한다는 걸 확인하게 되었다. 종욱 선배의 연애란 그런 것이었다. 일종의 형식적인 행사 같은 것이랄까. 그래서 점차 신경 쓰이지 않게 되었다.

망설인 끝에 나는 종욱 선배에게 스토커 얘기를 했다. 역시나 예상대로 종욱 선배는 나를 몹시 걱정했다.

― 정말 괜찮은 거 맞아? 정말 비열한 인간이네. 그 자식 얼굴은 못 봤고?

"어, 아직…. 그런데 두려워. 앞으로 무슨 짓을 할지 도무지 짐작이 되지 않아서."

― 혹시 짐작 가는 사람은 없는 거야?

"없다니까. 정말이지… 나와 유미 일을 알 사람은….'

그런데 순간, 생각나는 사람이 있었다. 그런데 그 사람이 이런 일을 벌일 수 있을까? 그럴 수가 없지 않나…? 하지만 그 사람, 아니, 그 인간 말고는 생각나지 않았다. 다른 사람에게는 이럴 이유조차 없으니까. 그러니 그 인간이 아닌 다른 사람이 스토커일 리는 일말의 가능성조차 없다.

스토커로 짐작되는 단 한 사람…. 유미의 아버지이자 한

때는 우리 집에 얹혀살았던 무능하고 허접하기 짝이 없는, 착한 것 말고는 가진 게 아무것도 없는 경섭 아저씨였다. 아무리 생각해도 아저씨 말고는 이런 일을 벌일 사람이 없었다. 내게 이런 짓을 할 사람은 분명 아저씨밖에는 없다.

II

거렁뱅이 아저씨와 멍청한 기집애

아저씨의 이름은 이경섭. 꽤 오랫동안 머릿속에서 꺼내지 않은 이름이다. 한때는 너무나 미워하고 또 한심하게 여기고 만만하기 짝이 없었던 사람. 나보다 서른 살은 더 많았지만 내가 마음껏 무시했던 사람, 그리고 그래도 되었던 사람. 한마디로 정의하자면 흉물스러운 인간이다.

우리는 만나지 말아야 할 인연이었다. 특히나 가족으로서는 더더욱 말이다. 그런데 그 무능하고 혐오스러운 부녀가 일방적으로 우리 집에 찾아왔다. 내가 고입 시험을 앞두고 있던 2월의 눈 내리는 어느 날, 대문을 열고 집 안으로 들어

갔을 때 공주풍 원피스에 요란한 머리 장식을 하고 있는 낯선 여자아이가 보였다. 양 갈래로 땋은 머리 위로 눈에 띄는 머리핀이 꽂혀 있고, 자기가 무슨 공주라도 된다는 듯이 레이스 달린 원피스에 흰 양말을 신고 있는 여자아이….

나는 처음 보자마자 그 공주 같던 아이. 아니, 공주를 흉내 내는 아이. 유미가 싫었다. 그 혐오에 가까운 미움은 본능에 따른 감정이었다.

첫인상부터 유미가 싫었던 건 그 애가 너무나 사랑받고 싶어 하는 차림에, 사랑받고 싶어 하는 표정을 하고 있어서였다. 나는 예나 지금이나 아이건, 어른이건, 여자건, 남자건 사랑받고 싶어 하는 게 눈에 보이고 티가 나는 사람을 경멸한다. 너무 같잖아 보이기 때문이다. 그런데 날 보자마자 다짜고짜 자기가 내 해바라기라도 된다는 듯이 날 보며 미소 짓는 유미가 나는 처음부터 싫었다.

유미는 금방이라도 내게 인사를 하고 말을 걸고 싶어 하는 것 같았다. 그러나 나는 그런 유미를 무심히 지나가 버렸다. 그렇게 지나가는 게 재밌을 것 같아서였다. 유미를 처음 본 그 순간만 해도 유미가 앞으로 나와 같이 살아야 할 동생이라는 건 상상조차 하지 못했다. 나는 마음에 들지 않는 여자애를 지나 현관문을 열고 안으로 들어가 버렸으니까.

안으로 들어가는 찰나에 나는 불길한 기분을 느꼈다. 현관문 바로 앞에 낡아빠진 남자 구두 한 켤레가 보였기 때문이다. 구두의 주인은 내가 현관문을 열고 마루에 서자마자 보였다. 허름하고 기운 없어 보이는 남자가 마루에 서 있어 나와 마주쳤다.

"네가 현주니?"

잔뜩 긴장한 채로 서 있는 나를 보면서 말을 건 남자는 멋쩍게 웃었다. 숫기가 없고 머리부터 발끝까지 허름해 보이는 남자를 나는 빤히 바라보았다. 깔끔하게 정리되지 않은 머리에는 새치가 군데군데 있었고, 얼굴에는 어떠한 활력도 찾아볼 수 없을 정도로 지쳐있는 남자는 무기력해 보였다. 변변찮고 낡은 옷차림은 눈앞의 낯선 남자를 하찮게 보이게끔 하기에 충분했다.

나는 퉁명스러운 말투로 물었다.

"아저씨는 누구세요?"

그러자 아저씨는 민망해하면서도 수줍어하는 얼굴을 하고서 말했다.

"나는… 앞으로 네 엄마와 같이 살기로 했단다. 가족으로서…. 잘 부탁할게."

그 말을 들었을 때 나는 엄청난 충격을 받았다. 도저히 믿기지 않았기 때문이다. 나는 눈앞의 허름한 아저씨 따위는 무시하고 안방 문을 거칠게 열고 들어가 엄마에게 따져 물었다. 엄마는 태연하게 화장대 앞에 앉아 화장을 고치고 있었다.

"엄마, 저게 무슨 소리야?"

엄마는 내 쪽에는 눈길도 주지 않은 채 말했다.

"무슨 소리긴? 저 아저씨가 말한 대로야. 이제부터 저 아저씨랑 아저씨 딸 유미가 우리 식구야. 앞으로 우리랑 같이 살 거니까 잘 대해줘. 너한테 저 아저씨를 아빠라고 부르라는 소리는 안 할게. 아저씨라고 불러도 돼. 그렇지만 버릇없게 굴지는 마. 그래도 네 새아빠니까."

'새아빠'라는 소리에 나는 질색했다.

"누가 내 새아빠라는 거야? 저런 사람이 내 새아빠라고? 새아빠로는 당연히 안 되고, 아저씨로도 우리 집에서 사는 건 안 돼. 저런 사람들이랑 같이 살기 싫어. 어떻게 저런 쪽 팔리는 인간들이랑 어떻게 같이 살아?"

그러자 엄마는 화장하던 손을 멈추고 나를 쏘아보며 나직이 말했다.

"목소리 낮춰, 이 계집애야. 밖에 들리면 어쩌려고 그래?"

엄마의 말에 서운하다 못해 실망스럽기까지 했다.

"엄마는 어떻게… 지금 그게 걱정일 수가 있어? 내 기분은 하나도 생각 안 해?"

"엄마도 충분히 생각하고 결정 내렸어. 어른들 하는 일에 괜히 애가 나서는 거 아냐. 저 아저씨가 가진 게 없어서 그렇지, 사람은 참 따뜻하고 좋은 사람이야."

나는 답답한 마음에 짜증을 내며 말했다.

"엄마 원래 저런 빈티 나는 아저씨 안 좋아하잖아."

"뭐?"

"엄마, 돈 많고 능력 있는 아저씨 좋아하는 거 아니었어?"

"애 좀 봐. 엄마한테 못 하는 소리가 없네?"

"엄마 재혼은 돈 많고 잘난 아저씨랑 결혼하는 게 꿈이었잖아."

아빠가 집을 나간 이후로 엄마는 신데렐라를 꿈꾸는 것 같아 보였다. 정작 어린 나는 초등학교에 입학하고부터 신데렐라 동화에 관심이 없어졌지만, 엄마는 마흔이 넘어서 신데렐라가 되고 싶어 했다. 엄마는 보험 회사에서 일하는 게 힘들다며, 차라리 좋은 데로 시집가서 편하게 살고 싶다고 했다. 항상 이 말을 곁들이면서 말이다.

"그래야 우리 현주가 하고 싶은 거 다 해주는 그런 환경을 만들어주는데."

나는 그런 것 따위 필요 없다고 말해주고 싶었다. 어차피 난 수능 잘 봐서 좋은 대학에 들어갈 거고, 장학금 받으며 졸업한 다음에 좋은 직장에 취직해서 다른 사람들이 부러워하는 삶을 살 텐데 그딴 거 필요 없다고 말해주고 싶었다. 하지만 엄마 안중에 내 생각 같은 건 없었다. 엄마는 나와는 상관없이 신데렐라가 되고 싶은 거였다. 여태껏 누더기 입은 삶을 살아온 게 너무 속상해서. 왕자가 신겨주는 유리 구두를 신은 신데렐라가 되고 싶어 하는 것이었다.

하지만 엄마가 신데렐라 구두라 믿고 싶었던 건 언제나 MADE IN CHINA라고 적힌 불량 구두에 불과했고, 엄마는 언제나 그 불량 구두 굽이 부러지고 나서야 구두 밑바닥을 들여다보고 MADE IN CHINA라고 적힌 걸 확인한 후 신세 한탄을 하는 것이었다. 이것을 반복할 때마다 엄마가 내게 보여줬던 아저씨는 항상 그럴듯한 옷차림에 부유해 보이는 인상이었다. 엄마는 겉으로 보기에 항상 신사 같은 아저씨들만 보여줬다. 나중에 가면 그만큼 부유하지 않거나 엄마를 진지하게 대하지 않는 사람이었지만 말이다.

어느 순간부터 엄마는 더 이상 유리 구두를 신어보는 것에 관심이 없어 보였고, 나는 그걸 다행이라 여겼다. 그런데 구두도 아닌 밑창 떨어진 허름한 신발짝 같은 남자와 그 딸을, 그것도 우리 집에서 같이 살기로 했다는 것을 나는 도저히 받아들일 수 없었다.

나는 단호하게 말했다.

"엄마, 저 사람들 내보내."

"내보내다니? 그게 무슨 소리야. 그러지 말고 잘 지내봐. 너 하나만 참고 이해하면 돼."

엄마는 늘 이런 식이었다. 나만 참으면 된다는 식. 나는 그게 너무 싫었다. 나는 참을 수 없어서 자리에서 벌떡 일어나 소리쳤다.

"저런 거렁뱅이 아저씨랑 어떻게 같이 살아?"

엄마는 매서운 눈을 하고 날 보았지만, 나는 그대로 돌아서서 문밖으로 나가버렸다. 몸을 돌리자, 맞은편에 서 있던 아저씨가 나를 보며 어색한 미소를 짓고 있었다. 표정을 보니 방금 내가 소리친 말을 들은 것 같았다. 순간 미안한 마음이 들었지만 아저씨가 내 눈치를 보다가 억지로 미소 짓는 모습을 보니 거짓말처럼 그 미안한 마음이 사라졌다. 그 대신 솟아오른 감정은 혐오감이었다. 억지 미소를 짓고 있는 아저씨에게 자존심이란 게 없어 보였다. 자기보다 한참 어린 여자애가 자신을 거렁뱅이라고 말했는데도 화는커녕 자존심 없이 웃는 그 모습을 보자 나는 그 아저씨가 무척이나 싫었다. 그리고 현관 유리문 너머로 나와 친해지고 싶어 하는 걸 티 내는, 애정결핍 같아 보이는 여자애도 싫었다. 우리 집에 기생충 두 마리가 들어온 것 같았다.

두 사람이 들어오고, 동네 어른들이 우리 집을 두고 수군거리기 시작했다. 나는 일부러 집과 멀리 떨어진 고등학교에 지원했다. 그래야 나에 관한 얘기가 학교에 알려지지 않을 것 같기 때문이었다. 하지만 우리 집 사정이 동네 사람들에게 소문나는 건 어쩔 도리가 없었다. 동네 어른들이 나에 대해 입방아를 찧어대기 시작했다는 것을 나는 느낄 수 있었다.

나는 어릴 적부터 동네 어른들의 입방아를 두려워했다. 동네에 사는 어른들은 모이면 항상 누군가의 얘기를 하곤 했다. 나는 어릴 적부터 그 답답하고 가난한 동네에 살았고, 그 입방아 찧는 모습을 눈으로 보며 자랐다. 동네 어른들은 늘 가난에 허덕이고 할 일 없는 사람들이었지만 그 사람들의 입방아는 어린 내게 너무나 무섭고 신경 쓰이는 것이었다. 나는 절대로 그 입방아에 오르내리고 싶지 않았다. 하루 종일 일없이 돌아다니는 그 사람들은 자기들의 입방아가 얼마나 소름 끼치게 무서운 것인지 모르는 것 같았다. 그러니까 신이 나서 입방아를 찧다가도 자기들이 입방아를 찧던 사람이 나타나면 재빨리 낯빛을 바꾸어 환하게 웃으며 인사를 했던 것이 아닐까. 어른들은 동네에 하나 있는 평상에 앉아 누구 집 딸내미가 문란하네, 누구 집 부부가 이혼했네, 누구 집 남편이 바람을 피웠네, 누구네 집 사업이 망해서 풍비박산이 났네, 하면서도 자기들이 입방아를 찧던 사람이 멀리서 나타나면 언제 그랬냐는 듯이 반색하고서 반갑게 인사를 했다.

"이제 와? 요즘 덥지?"

그렇게 웃는 어른들의 얼굴에서 악의란 찾아볼 수가 없었다. 나는 그게 더 무섭고 두려웠다. 악의 없는 입방아에 오르내리게 될까 봐. 그렇게 마음을 졸이며 크다 보니 그 사람들이 한창 입방아를 찧다가 돌연 손바닥 뒤집듯 안면을 바꾸어 언제 그랬냐는 듯 웃을 때의 가증스러운 변화를 눈치채게 되었다. 그리고 알게 된 것은 적어도 그들이 나에게는 입방아를 찧지 않는다는 것이었다. 나는 어른들이 좋아하는 공부 잘하는 모범생이었으니까.

"현주, 이번에도 전교 1등 했다며?"

"현주, 나중에 좋은 대학 가서 성공하더라도 절대로 우리 모르는 척하지 마라."

그런 그들의 태도가 뒤바뀔까 느껴지는 두려움은 그 시절 나에게는 너무나 컸다. 그러다 나는 더는 두려워할 필요가 없어졌다. 현실로 일어나버리면 막연한 두려움은 쓸모가 없어져 버리니까. 우리 집에 두 버러지가 온 뒤부터 나는 동네 사람들의 입방아에 오르내리게 되었다. 더 이상은 상상할 필요도, 그러니까 두려워할 필요도 없었다.

"현주… 왔니?"

내가 나타났을 때 그들이 짓는 어색하게 올라간 입꼬리, 살짝 굳어 있는 안면… 마치 복제라도 한 듯 똑같은 표정을 한 채 나를 빤히 보는 어른들의 얼굴에서 굴욕감을 느꼈다. 나는 인사도 하지 않은 채 집으로 들어가 버렸다. 이것으로도 버릇없다고 입방아에 오를 테지만 상관없었다. 이따위 거지 같은 동네, 벗어나면 그만이니까.

엄마는 내 이런 비참한 기분을 알아주기는커녕 무슨 일이 있을 때마다 거렁뱅이 같은 아저씨와 유미 편을 들기 일쑤였다. 나는 일부러 아저씨를 무시하곤 했는데, 아저씨는 내게 뭐라 말하지 못했지만 그런 모습을 엄마에게 들킬 때면 엄마는 나를 혼내고 아저씨 편을 들었다.

"너는 왜 이렇게 사람한테 못되게 굴어? 철이 들어야지.

어른한테 그게 뭐 하는 짓이야, 버르장머리 없이…. 어른이 네 아랫사람이야? 얼른 사과드려."

나는 절대로 사과하지 않았다. 보통 때면 그 정도로 넘어가곤 했는데 그날은 그렇지가 않았다. 그날 나는 아저씨가 한창 목욕 중일 때 일부러 온수 버튼을 꺼버렸다. 솔직히, 돈도 제대로 못 벌어오는 무능력한 아저씨가 우리 집 온수를 공짜로 쓰는 것도 싫었고, 골탕 먹이고 싶은 마음도 있었다. 내 예상대로 아저씨는 목욕하는 동안 불평 한마디 하지 않았는데, 문제는 목욕을 하고 나온 아저씨가 한기에 몸을 엄청 떨었고, 그래서 엄마가 내가 한 짓을 눈치채버렸다는 데 있었다. 몸을 떨면서 안방으로 들어온 아저씨를 본 엄마가 상황을 눈치채는 건 당연한 일이었다. 엄마는 보일러 온수 버튼이 꺼져 있는 것을 보았고, 엄마의 눈치를 보는 나를 발견하고는 내가 일부러 한 짓이라는 걸 알아챘다. 그 집에서 그런 짓을 할 사람은 나밖에 없었으니까 말이다.

엄마는 내게 아저씨에게 얼른 사과하라고 했지만 나는 그러고 싶지 않았다. 평소라면 혼나고 말았을 일이었는데 내가 사과하지 않자 엄마는 내게 현관문 밖에 나가서 있으라고 했다.

"너, 지금 당장 현관문 열고 나가서 앞에 서 있어. 어른한테 버릇없이 군 벌을 주는 거야. 30분 서 있다가 들어와. 그래야 어른한테 하는 못된 버릇 고치지."

나는 인정할 수 없었다. 덩치는 크면서 비 맞은 강아지처럼 눈치 없게 떨고 있는 저 병신 머저리 같은 아저씨가 어른이라는 걸 인정할 수 없었고, 엄마가 나 대신 아저씨를 택했다는 것도 인정할 수 없었다. 저딴 거렁뱅이 아저씨 때문에 엄마가 날 벌준다는 게 이해되지 않았다. 그러니 순순히 벌 받을 생각 따위는 전혀 없었다.

"나는 이제 엄마도 싫어."

나는 그 길로 아예 대문을 열고 집 밖으로 나왔다. 현관문 앞에 서서 벌서는 것 따위 절대 하고 싶지 않았다. 내가 왜 벌을 서야 하는지 도무지 이해할 수 없었다. 나는 그대로 집을 나가 거리를 쏘다니다가 저녁이 늦어서야 집으로 들어왔다. 엄마는 내가 들어온 걸 모른 척해주었고 도리어 유미가 오지랖을 부려댔다.

"언니, 어디 갔다 왔어? 언니가 그렇게 나가고 나서 아주머니가 언니 걱정을 많이 했어."

나는 유미에게 짜증을 내며 말했다.

"네 할 일이나 해."

쏘아붙이는 내 눈길에 유미는 입을 다물고는 기죽은 눈길로 나를 올려다보았다.

'멍청한 기집애.'

나는 유미를 보며 항상 이렇게 생각했다. 내가 뻔히 자기를 좋아하지도 않는 걸 알면서도 언니, 언니 하며 친하게 지내고 싶어 하는 애정결핍 공주병 계집애라고. 자기를 무시하고 싫어하는 것을 알면 스스로 멀어지면 좋을 텐데, 멍청하면 자존심도 없는 걸까? 아니면 자존심이 없어서 멍청하게 구는 걸까?

나는 사랑받으려고 애쓰는, 내가 무시해도 자꾸 나한테 친한 척 굴면 자매가 될 수 있다고 믿는 멍청한 유미의 순진한 믿음을 매번 깨뜨려주고 싶었다.

유미는 내가 자기를 무시할 때마다 상처받은 얼굴을 하다가도 시간이 지나면 언제 그랬냐는 듯이 친해지고 싶어 안달이 난 얼굴로 다가오곤 했다.

나는 유미에게 대놓고 물었다.

"너는 내가 왜 좋아?"

"응?"

"그렇잖아. 내가 그렇게 잘해주지도 않는데… 그래도 넌 날 좋아하니까 궁금해서. 넌 원래 그래? 아니면 나 말고 다른 사람한테도 다 그러는 거야?"

유미는 잠깐 멍한 얼굴을 하는가 싶더니 이내 미소 띤 얼굴로 말했다.

"난 모든 사람하고 잘 지내고 싶어. 그런데 언니랑은 특별히 더 잘 지내고 싶어."

"왜?"

"언니는 내가 닮고 싶고 부러워하는 사람이니까. 언니는 공부 잘하고, 예쁘고, 멋지고, 자신감 있고, 진짜 진짜 멋있는 사람이니까. 또 나처럼 소심하지도 않고, 엄마한테 사랑도 받고…. 언니는 내가 되고 싶은 모습 그대로인 사람이니까. 나도 언니처럼 되고 싶어."

나는 곧바로 반박해주고 싶어졌다.

"내가 엄마한테 사랑받는다고? 오늘 일을 보고도 그래? 그래, 맞아. 난 원래 엄마한테 사랑받는 딸이었지. 하지만 이젠 아냐. 왜 그런지 알아? 네 아빠랑 네가 우리 집에 얹혀살게 된 후부터 엄마는 계속 내가 잘못했다고 혼내고 있잖아."

내 말에 유미는 주눅 든 얼굴을 했다. 아마도 죄책감을 느끼는가 보다고 생각했다. 상관없었다. 애정결핍의 멍청한 애가 어떤 기분인지는 관심 없었으니까. 단지 잘 시간이 되었을 뿐이었다. 이부자리에 누운 유미는 내 쪽을 향해 누웠다. 그러고는 나를 향해 천진난만하게 미소를 지었다. 자기를 좋아해주기를 기대하는 순진한 미소. 나는 그 미소가 거슬려서 차갑게 말했다.

"돌아누워."

그 말에 유미는 당황하는가 싶더니 내 말대로 했다. 나는 유미의 뒷모습마저 보고 싶지 않아 반대로 돌아누워 버렸다. 나에게는 유미가 멀리 떼어내고 싶은 진드기 같았다.

그러던 어느 날, 내게 도저히 받아들일 수 없는 소식이 전해졌다. 유미가 내가 다니는 서원여고에 지망할 거라는 얘기였다. 유미와 같은 고등학교에 다니는 건 상상도 하고 싶지 않은 일이었다. 가까운 데에 다닐 수 있는 고등학교가 있는데 왜…! 내가 이딴 집구석을 남들이 알까 봐 일부러 멀리 학교 다니는 것도 모르나? 하긴 그 정도 눈치도 없으니까 남의 집에 얹혀사는 것이겠지만. 문제는 엄마마저 유미가 나와 같은 학교에 다니길 원한다는 것이었다.

"유미 혼자 다니는 것보다 언니랑 다니는 게 낫지 않을까 싶어서. 고등학생이면 한창 예민할 나이인데, 지켜줄 언니가 있으면 얼마나 든든하고 좋아. 게다가 유미가 공부를 생각보다 잘한다며? 서원여고가 공부 많이 시키는 명문 여고니까 좋은 대학 가기도 유리하지 않겠니?"

그 말에 나는 지지 않고 대답했다.

"엄마, 이 근처에 가까운 고등학교가 둘이나 있는데, 유미는 거기 다니는 게 낫지 않아?"

"거긴 둘 다 남녀공학이잖아. 그래서 너도 멀리 있는 서원여고 입학한 거 아니야? 서원여고가 공부하기가 더 좋으니까. 여기는 동네가 후져서 애들 물도 안 좋고 그런 애들이랑 잘못 어울리다가 괜히 순진한 유미가 나쁜 물이나 들지 않을까 싶고…. 너 있는 서원여고에 같이 다니는 게 나나 네 새아버지나 마음이 편하지."

우리 집에 얹혀사는 기생충을 두고 언제는 아저씨라 부르라더니 이제는 은근슬쩍 새아버지라 하는 게 짜증났다. 나더러 새아버지라 부르라고 눈치를 주는 것이 분명하다.

집에 있는 하루하루가 도무지 마음에 들지 않았다. 처음에는 그래도 이딴 거렁뱅이 부녀가 얼마 못 가 집에서 쫓겨날 거라고 생각했다. 자기보다 한참이나 어린애한테 눈치나 보는 남자를 엄마가 결코 계속 좋아할 리 없다고 여겼기 때문이다. 도무지 착하고 순한 것 빼고는 아무것도 가진 게 없는 무능한 인간. 그런데 엄마에겐 바로 그 점이 중요했던 것이었다.

"난 이제 젠체하는 인간들 싫어. 남자건 여자건 젠체하는 인간들이라면 아주 싫어."

언젠가 엄마가 안방에서 친구와 통화하는 걸 우연히 들은 적이 있었다. 그랬다. 엄마는 신데렐라가 되기 위해 맞지도 않는 불량 유리 구두를 신고 걷다 고꾸라질 바에 차라리 무능하지만 착한 남자와 살고 싶어진 것이었다. 하지만 나는? 그렇다면 나는 엄마가 싫어하는 젠체하는 인간인 거고, 아저씨와 유미는 엄마가 좋아하는 형편없지만 착한 사람들이 되는 건가? 나는 억울했다. 그리고 무슨 일이 있어도 유미와 같은 학교에 다니고 싶지 않았다. 이 부끄럽기 짝이 없는 내 현실이 학교에 알려지는 건 죽어도 싫었다.

"난 반대야. 유미를 위해서."

나는 유미를 보며 말을 이었다.

"내가 정말 생각해서 얘기해주는 건데, 우리 학교가 보기와는 달리 무서운 데가 있거든. 공부를 많이 시키는 건 맞아. 그런데 공부 많이 시키려고 압박하는 분위기 때문에 애들이 예민해져 있어서 조금만 거슬려도 타깃으로 정해서 소외시키고 괴롭히는 측면이 있거든. 그래서 잘못 찍히기라도 하면 아주 인내심이 강하지 않고서야 우리 학교 다니기 힘들어. 나야… 스카이 갈 정도 성적이라 애들이 쉽게 건드리지 않지만, 유미 넌 아니잖아? 유미 너는 애초에 그 정도 명문대 갈 수준도 아니고, 그런 목표도 없고. 그런데 굳이 그렇게 애쓸 필요 없지 않겠어?"

그러자 아저씨 목소리가 들렸다.

"너희 학교가 정말 그러니?"

나는 아저씨를 향해 일부러 친절한 얼굴을 하고서 말했다.

"네, 게다가 학교가 멀리 있고요. 통학 버스 기다리는 것도 시간 낭비라, 기상 시간이 너무 이른 것도 유미같이 아침잠 많은 애는 도저히 못 버틸 거예요."

"아침 통학 걱정은 안 해도 되는데 말이야…."

"통학 버스 기다리는 시간도 시간인데, 버스 놓치기라도 하면 완전히 시간 죽이기죠. 게다가 아침 1교시는 완전히 날아가는 거고요."

"그 문제는 도와주기로 한 분이 있어서 말이야."

"도와주기로 하다니요…?"

"응, 나랑 유미가 다니는 교회 장로 사모님이 유미를 워낙에 예뻐하셔서 아침에 유미를 등교시켜준다고 하셨어. 유미가 워낙에 붙임성 좋고 애교가 많잖니."

아저씨의 말에 나는 속으로 코웃음을 쳤다.

'아저씨, 그건 그냥 유미가 관심이 고파서 그러는 거잖아요. 그러니까 내가 자기를 무시하고 자존심 상하게 해도 웃기만 하고, 잘 보이려고 애를 쓰고, 자꾸 뭘 못 줘서 안달인 거 아니겠어요?'

멍청한 아저씨는 내가 속으로 무슨 생각을 하는지 알지도 못한 채 계속해서 말을 이었다.

"사모님이 마침 사업차 평일에는 일찍 서원동 물류 창고에 들른다고 하시더구나. 그래서 가는 길에 유미를 근방에 있는 서원여고에 차로 등교시켜 준다고 하시네. 그러지 않아도 된다고 말씀드렸는데, 어차피 그 시간에 출근한다고 하셔서 말이야. 유미 태워다주는 김에 현주도 같이 차 타고 등교하면 좋을 것 같고."

나는 속으로 생각했다. 보나 마나 후진 봉고차쯤 될 거라고. 그런 차 타고 교문 앞에서 내리는 건 상상만으로 최악이었다. 애들이 뭐라고 생각할까? 모자라 보이는 공주병 여자애와 같이 봉고차에서 내리는 건 상상만으로도 최악이었다.

그런데 아저씨는 뜻밖의 말을 이어서 했다.

"게다가 사모님 차가 포르쉐라고 하더라고. 사모님이 귀한 포르쉐로 태워다 주신다는데, 너무 감사해서 어찌할 바를 모르겠더라고. 사모님이 신경 쓰지 말라시는데, 아무래도 사모님이 우리 유미를 너무 좋게 보신 모양이야. 우리 유미가 워낙에 착하고 예쁘니까."

아저씨가 은근슬쩍 유미를 추어올렸다. 평소 같았으면 거슬렸겠지만 머릿속에 다른 생각이 들어차는 바람에 그럴 새가 없었다. 머릿속에 떠오른 건 포르쉐를 타고 교문 앞에서 내리는 내 모습이었다. 포르쉐를 타고 등교하는 기분은 어떤 걸까? 포르쉐에서 내리는 나를 보는 애들의 시선은 어떨까? 물론 거기에 유미는 없어야 했다. 포르쉐를 타고 등교하는 건 좋았다. 하지만 유미와 같이 내려야 한다면 그건 안 하느니만 못한 일이 되어버리고 만다.

나는 갈등했다. 그리고 바로 옆에 있는 유미를 보았다. 유미는 언제나처럼 말 잘 듣는 강아지처럼 눈을 빛내며 나를 보고 있었다. 내 입에서 다정한 말이라도 나올 줄 알고 기대하는 그 눈빛에서 귀찮은 기분을 느꼈지만 갑자기 이런 생각이 들었다. 유미가 한 가지만 약속해준다면 유미와 같은 학교에 다니는 게 썩 나쁘지 않을 수도 있겠다는 생각이 말이다.

나는 식사가 끝나자마자 유미를 바깥으로 불러내어 은밀히 말했다.

"너, 그렇게 나랑 같은 학교에 다니고 싶어?"

그러자 유미는 밝게 웃으며 말했다.

"응."

"너, 아까 내가 한 말 기억나지?"

"언니가 한 말?"

"아까 내가 했던 말…. 우리 학교는 선배들이 후배들 조금이라도 거슬리는 거 있으면 빌미잡아서 괴롭히는 거, 그거 굉장히 심하거든. 특히나 신입생한테는 더 그래."

내가 작정하고 심각한 얼굴로 말하자 유미의 얼굴은 어두워졌다. 겁을 먹은 것 같았다. 내 뜻대로 될 것 같다는 예감에 미소가 저절로 나왔다.

"그런데 다 그런 건 아니고 빌미잡힐 만한 애들한테만 그렇거든. 친구나 자매끼리 같이 학교 들어와서 설친다든지…. 그러니까 네가 우리 학교에 입학하고 너랑 내가 같이 차타고 등교하고 내가 너랑 같이 사는 언니라는 게 알려지면 너무 유난스럽다고 네가 미움받기 딱 좋아."

그러자 유미가 눈을 동그랗게 뜨고서 물었다.

"왜? 어째서?"

나는 머리를 굴려 대답했다.

"나 때문이기도 해."

"언니 때문?"

"그래, 나 때문. 내가 워낙에 학교에서 재수 없는 애로 통해서 말이야. 왜 그런 거 있잖아. 전교 1등 우등생에, 잘난 척하는 재수 없는 스타일. 그런데 공부 너무 잘하고 선생님들이 예뻐해서 함부로 못 건드는 애. 그게 나거든."

그러자 유미가 순진하게도 놀란 얼굴로 손사래를 치며 말했다.

"아니야, 언니. 언니, 전혀 그렇지 않아."

나는 그렇게 말하는 유미를 보며 생각했다.

'역시 너는 속여먹기 쉬운 애구나.'

유미는 항상 내 말이면 곧이곧대로 믿었다. 나는 그런 유미를 속이고 놀리는 게 재밌었다. 유미가 내게 즐거움을 주는 순간은 내 말을 곧이곧대로 믿고 멍청하게 속을 때였다. 유미가 내게 있어 최고로 좋은 장난감인 이유는 유미가 내 거짓말을 절대로 의심하지 못한다는 데에 있었다. 애정결핍 미미 공주님은 내가 한 거짓말을 정말이지 단 하나도 알아차리지 못했다. 나는 이번에도 역시 그럴 거라고 생각하면서 말을 이었다.

"나를 좋게 봐주는 건 너밖에 없나 봐. 그런데 다른 애들은 그게 아니거든. 나와 달리 너는 연약해 보이잖아. 실제로 마음이 약하기도 하고. 나는 나 때문에 네게 불똥이 튈까 봐 걱정되는 거지. 그러니 학교에는 우리가 한집에서 같이 사는 자매라는 걸 알리지 않는 게 좋을 것 같아."

"자매?"

예상대로였다. 내 말이 다 끝나기도 전에 유미가 '자매'라는 말에 반응했다. 유미는 내가 '자매'라고 한 것에 무척이나 설레했다. 나는 알고 있었다. 유미가 '자매'라는 말에 무척이나 목말라 한다는 것을.

유미는 순순히 그러겠다고 했다. 심지어 새끼손가락까지 걸며 약속하겠다고 했다. 하지만 나는 나오려는 비웃음을 억지로 참으며 말했다.

"됐어."

유미가 어리둥절한 얼굴로 나를 보자 나는 말했다.

"나는 너를 믿어. 그래서 그러는 거야."

우리는 그렇게 약속을 했고, 유미는 그 약속을 잘 지켰다. 처음부터 끝까지.

등교할 때 유미가 먼저 교문에서 조금 떨어진 곳에서 내리기로 했다. 물론 차를 태워주기로 한 사모님에게나 다른 어른들에게는 절대 내가 부탁했다는 말은 안 하기로 했다.

"학교 시계탑 보이는 데서부터 시작되는 길 있거든? 거기에 억새 자라난 길이 있어. 거기서 내려서 뒷문으로 오면

10분도 안 걸려. 넌 거기서 내려서 좀 걸어서 오고, 난 정문에서 내리는 걸로 하자. 그런데 이유를 뭐라고 대지? 네 교회 장로 부인이라는 사람한테 어떻게 설명하면 좋을까?"

그러자 유미는 내게 칭찬받고 싶어 하는 티를 내며 말했다.

"아, 언니! 이렇게 하면 어떨까?"

"뭐? 어떻게?"

"내가 다이어트 한다고, 다리 예쁘게 만든다고 일부러 걷는 거라고 하자. 다리 예뻐지라고 일부러 반듯하게 걷는 연습 한다고…. 어때?"

그 말에 나는 흡족했다.

"그게 좋겠다. 너는 살쪄서 통통하니까."

그렇게 하기로 하고서야 나는 유미가 나와 같은 고등학교에 지원하는 걸 허락했다. 서원여고에 지망한 유미는 넘치지도 모자라지도 않는 성적으로 합격했다. 나는 포르쉐를 타고 등교할 수 있게 된 것만 생각했다. 유미는 내 속마음을 하나도 눈치채지 못했다. 정말이지 고맙게도 말이다.

포르쉐를 처음 타던 날, 사모님이 내게 말을 걸어왔다.

"현주라고 했나?"

나는 어색한 웃음을 지으며 대답했다.

"네."

"네가 공부를 그렇게 잘한다며? 아무리 못해도 전교 3위권 안에는 항상 든다던데? 대체 비결이 뭐야? 얼굴도 예쁘고 공부도 잘하고…. 현주는 서울에 있는 대학만 가면 꽃길이 열리겠다."

그러자 멍청한 미미 공주가 신이 나서 끼어들었다.

"맞아요! 우리 언니 똑똑해요! 얼굴도 무지 예쁘고요!"

나는 속으로 미미 공주를 '속없는 계집애'라고 생각했다. 그렇게 나한테 면박을 당하면서도 내가 좋다니. 답 없고 자존심 없고 멍청한 계집애라는 생각이 들었다.

어른들은 이런 유미를 매번 착하다며 감싸고 돌았다. 심지어 나의 엄마마저 말이다. 유미는 단지 멍청한 것뿐인데, 어른들은 왜 항상 멍청한 애를 예뻐하는지 이해가 되지 않았다. 등교를 시켜준다던 사모님도 유미를 예뻐한다고 하지 않았던가. 멍청하면 사랑을 잘 받는 건가, 하는 생각이 들었다. 하지만 나는 어른들이 주는 허접한 사랑 따위 받고 싶지 않았고, 사랑받기 위해 멍청하게 구는 것 따위는 더더욱 하고 싶지 않았다. 난 단지 포르쉐를 타고 등교하는 게 좋았던 것뿐이다.

운전하는 동안 사모님은 내게 관심 있다는 듯이 계속해서 말을 걸어왔다.

"현주, 공부 잘하는 비결이 뭐야? 우리 아들은 중학생인데 영 책상 앞에 안 앉아 있으려 해. 책상 앞에서 엉덩이 붙이고 앉아 있으려고 해야 시험 성적이 오를 텐데, 애가 영 집중력이 없어. 한창 사춘기라서 그런가? 과외 선생을 하나 구하고 싶은데, 마땅한 과외 선생님이 없어서 고민이야. 그래도 막상 고등학교 들어가면 공부 열심히 하겠지?"

나는 최대한 상냥하게 대답했다.

"네, 그럼요."

학교 건물이 보이기 시작했고, 이내 시계탑이 보였다. 그리고 억새밭이 나타났다. 나는 유미를 보았는데, 유미는 눈치껏 늦지 않게 말했다.

"저, 여기에서 내릴게요."

그러자 사모님이 당황해하며 물었다.

"여기에서 내리겠다고? 아직 도착 안 했는데?"

"코앞인걸요. 저는 좀 걸으려고요."

"왜?"

"다이어트 하려고요. 제가 살이 좀 쪄서요. 아이돌처럼 날씬해지고 싶어서 다이어트 중이에요. 저, 매일 여기에서 내릴게요. 이 길 걸으면서 다리 예쁘게 만들래요. 반듯한 길을 걸어야 반듯한 다리를 만들 수 있대요."

"내가 보기에는 살 뺄 데 하나 없이 그저 예쁜데…. 알겠어. 유미가 원하니까 여기에서 내려줄게."

포르쉐가 멈췄고 유미는 억새밭이 양옆으로 나 있는 길에서 내렸다. 유미가 사모님에게 잘 말해준 덕분에 나는 아무런 부담감을 가지지 않을 수 있었다. 유미는 미소 지으며 차에서 내렸고, 나는 고개를 돌려 멀어져가는 유미의 모습을 힐끗 본 뒤에 돌아앉았다. 사모님의 사소한 질문이 몇 번 더 오간 뒤, 차가 정문 앞에 멈춰 섰다. 나는 내가 생각하는 가장 우아한 모습으로 포르쉐에서 천천히 내렸다. 등교하는 애들이 그런 나를 힐끗 보리라는 생각을 하면서.

학교에서 소문은 항상 걸음보다 빠른 법이다. 내가 교실 문을 열기도 전에 내가 포르쉐를 타고 등교했다는 게 이미 반 아이들 사이에 알려졌고, 교실 문을 열자 그런 것에 민감한 애들의 시선이 일제히 나에게로 향했다. 내가 자리에 앉자 그 애들 중에 가장 성질이 급한 미정이가 다가와 말을 걸었다.

"차 타고 등교했다며?"

나는 덤덤한 얼굴을 하고서 말했다.

"응."

그러자 뒤에서 선아의 중얼거리는 목소리가 들렸다.

"포르쉐라던데…?"

나는 그런 것 따위 관심 없는 것처럼 굴었다. 차가 포르쉐인지, 봉고차인지 전혀 신경 쓰지 않는 사람인 것처럼 말이다. 그러자 도저히 더는 못 참겠다는 듯 미정이가 물었다.

"어떻게 된 거야? 너 원래 버스 타고 등교했잖아."

"아, 그게… 엄마 친구가 태워주기로 하셨어."

"엄마 친구?"

"응. 엄마 친구가 사업을 하시거든. 가는 길에 매일 나 태워다 주신대. 두 분이 워낙 친하시거든. 우리 엄마도 차가 있긴 한데, 엄마는 출근 시간이 좀 더 늦으셔서 말이야. 엄마 친구가 대신해주겠다고 하니까 엄마도 그러라고 하신 거야. 아무래도 올해부터 내가 수험생이니까 엄마가 친구 통해서라도 신경 써주고 싶으셨나 봐. 나야 고맙지."

거짓말이었다. 가난한 우리 집에 차가 있을 리 없고, 가난한 엄마에게 포르쉐를 모는 사업하는 친구 따위 없으니까. 그런데도 난 태연한 얼굴로 그렇게 말했다. 우쭐거리는 기분이 느껴지는 게 정말이지 나쁘지 않았다. 그 애들은 언제고 날 무시할 타이밍만을 노리는 하이에나 같은 애들이었으니까. 날 속으로 재수 없게 생각하고 고깝게 여기고… 그래서 언제든 기회만 있으면 날 밟고 싶은데, 내가 그럴 틈을 주지 않으니까 그저 아쉬워하는…. 특히나 미정이가 그랬다. 나는 그런 애들에게 넘어오지 못할 선을 확실히 그어둔 것 같아 기분이 좋았다. 내가 미소를 지은 탓이었을까? 그 애들은 그대로 나에게서 떨어져 나갔다.

  고3 수험생인 나는 1학년인 유미와 학교에서 마주칠 일이 거의 없었다. 가끔 마주칠 때가 있었지만 절대로 아는 척을 하지 않았다. 마치 모르는 사이인 것처럼 그냥 지나갔다. 그것은 유미가 학교에서 심한 왕따를 당하고 있단 걸 알고 나서도 마찬가지였다. 그랬다. 유미는 왕따를 당했다, 그것도 아주 비참한 모습으로.

  유미가 학교생활에 잘 적응하지 못하리란 건 예상한 일이었다. 유미같이 공주병에다 애정결핍인 여자애는 아무도 좋아할 리가 없으니까. 무시받고 놀림받는 게 당연한 일이라고 생각했다. 그렇다고 해서 그 정도로 심하게 왕따를 당하리라고는 생각하지 못했다.

  언젠가부터 유미는 우울한 얼굴을 하고서 학교에 다니기 시작했다. 유미의 얼굴은 너무나 어두워 다가가고 싶지조차 않은 그런 얼굴로 변해 있었다. 유미가 왕따를 당한 건 어디까지나 유미가 눈치 없고 멍청해서 그런 거로 생각해 버렸다. 그렇게 결론 내리고 나니 편했다. 그래도 찝찝한 감정은 남았다.

유미는 단순히 반 애들한테 왕따를 당하는 정도가 아니라, 학교 선생님들도 외면하고 학교 안의 모두가 꺼리는 존재가 되었다. 학교에서 유미는 '리플리 미'로 불리고 있었다. 유미는 거짓말하길 좋아하는 정신 나간 허언증 환자라고 소문이 났다. 그런데 유미를 그렇게 몰고 간 사람은 다름 아닌 유미의 담임이었다. 나는 우연히 교무실에서 유미의 담임이 반 아이들에게 유미에 대해 험담하는 것을 들었다.

"유미 말이야… 걔, 보이는 건 순진하게 보이는데 아주 거짓말을 천연덕스럽게 잘하더라. 정신적으로 문제 있는 건가 싶더라니까."

사실 그건 오해에서 비롯된 것이었다. 그 오해는 내가 유미에게 말을 해주지 않은 데서 시작된 일이었다.

학교에 입학한 유미는 학생 정보를 적는 서류에 무심결에 자신의 가족관계에 아버지와 어머니, 그리고 언니가 있다고 적은 것이었다. 그런데 문제는 유미는 서류상 어머니와 언니가 없었다. 유미에게 서류상으로 가족이라고는 아버지뿐이었다. 그런데 유미는 자기소개를 적는 난에도 어머니와 언니에 대해 썼고, 이상함을 느낀 유미의 담임이 유미를 부른 것이었다. 담임과의 면담에서도 유미는 어머니와 언니 얘기를 했고, 유미의 담임은 유미를 이상하게 보았다. 뒤늦게 뭔가 잘못됐나 싶은 생각이 든 유미는 재혼 가정이라 말했지만, 그 또한 담임에게는 이상한 거짓말로 들릴 뿐이었다. 왜냐하면 서류상으로 유미는 재혼 가정이 아니었으니까 말이다. 유미의 담임은 그날로 유미를 금방 들킬 거짓말을 꽤 잘하는 정신 나간 이상한 애로 보았다. 유미는 원래 사랑받고 싶어 하루 종일 눈을 빛내는 아이였으니, 관심받으려 거짓말을 잘도 지어내는 허언증 애로 낙인찍히기도 쉬웠다.

 담임은 유미를 무척이나 싫어했고, 유미가 거짓말을 했다는 얘기는 담임의 입을 통해 같은 반 아이들에게 전해졌다. 담임이 유미를 경멸하는 시선은 고스란히 반 애들에게도 전해졌다. 유미는 영문도 모른 채 미움 속에 던져졌고, 유미에게는 아예 빛이 꺼져버리기라도 한 것 같은 눈과 우울한 안색만이 남았다. 어느 날부터는 겉으로 보이는 안색만으로도 다가가고 싶지 않은 그런 어두운 아이가 되어버렸다.

 유미는 거짓말을 한 게 아니라 잘못 알고 있었다. 엄마와 유미 아버지가 작년에 하기로 한 혼인신고를 하지 않았다는 걸 내가 말해주지 않았으니까. 일부러 알려주지 않은 건 아니었다. 정말이지 단지 깜빡한 것뿐이었다. 그리고… 구태여 내가 유미에게 말해줘야 하는 이유를 느끼지 못했기도 했고. 그래서 유미는 미처 몰랐던 것이다. 자기 아버지와 우리 엄마가 서류 상으로 가족이 아니라는 것을 말이다.

그런데 그 혼인신고를 막은 사람은 바로 나였다. 작년 가을, 엄마가 그 거렁뱅이 아저씨와 혼인신고를 하겠다고 했을 때 나는 도저히 받아들일 수 없었다. 엄마는 오랜만에 나를 불러 같이 안방에 누워 오이 마사지를 하자고 했다. 웬일로 엄마가 나를 다정하게 대해준다 싶었는데, 나란히 눕자마자 엄마는 갑자기 날벼락 같은 소리를 했다.
"나, 유미 아빠랑 혼인신고 하려고."
나는 그 말에 질색하며 벌떡 일어났다.
"안 돼. 절대 안 돼."
그러자 엄마는 황당하다는 얼굴로 몸을 일으키며 물었다.
"안 된다니? 내 인생 어떻게 할지도 내 속으로 낳은 딸 눈치를 봐야 하니?"
"엄마 속으로 낳았으니까 그렇지! 내가 엄마 딸이니까! 그러니까 당연히 내 생각도 해줘야 하는 거 아니야?"
"말이 자식이고 딸이지, 너 이제 서울로 대학 가면 연애하느라 바쁘고, 직장 다니느라 바쁘고, 결혼해서는 더더욱 네 인생 사느라 엄마랑 시간 보낼 것도 아닌데, 나도 나 나이 들 거 생각해서 이제 평생 같이 살 사람이랑 재혼하겠다는데 왜 네가 난리야?"

"내가 커서 결혼 안 할 수도 있잖아."

"뭐?"

"내가 결혼 안 하고 엄마 모시고 평생 살 수도 있잖아."

"턱도 없는 소리 하지 마. 내가 자식 앞길 망칠 일 있니? 너는 너대로 행복한 가정 꾸리고 나는 나대로 잘 살아야지."

나는 어떻게든 엄마의 마음을 바꾸기 위해 안간힘을 쓰며 말했다.

"엄마도 좋은 사람이랑 행복한 결혼할 수 있는데, 왜 굳이 저 아저씨 같은 후진 사람이랑 결혼하려는 거야?"

"…뭐?"

"앞으로 엄마 인생에서 아저씨보다 훨씬 멋지고 괜찮은 사람이 나타날 수도 있잖아. 그때는 어떡할 거야? 그때 가면 후회할 텐데? 지금은 몰라도 나중에 더 멋지고 괜찮은 남자가 나타날 수도 있잖아? 돈 많고 능력 있는 아저씨를 나중에 만나면? 그때는 지금 이 혼인신고 한 거 후회하지 않을까?"

"야, 말도 마. 그런 남자들 하나같이…."

엄마가 말을 미처 다 하기도 전에 내가 먼저 엄마의 말을 자르며 말했다.

"진짜 제대로 된 신사 같은 사람이 나타날 수도 있잖아. 엄마가 아직 그런 사람을 못 만난 거지, 그런 사람이 정말 없는 것도 아니잖아. 엄마 인생 다 산 것도 아니잖아. 그런 사람이 엄마 인생에서 영원히 나타나지 말란 법 있어?"

어떻게든 엄마가 거렁뱅이 아저씨와 혼인신고를 하지 못하게 안간힘을 쓰며 한 말이었다. 그리고 다행히 엄마의 마음은 조금씩 흔들렸다. 그때 나는 우리 집에 얹혀사는 기생충 같은 부녀와 한 가족이 되는 게 너무나 싫었기 때문에 물불 가리지 않고 엄마의 마음을 돌리려 애썼다.

"지금 재혼하고 나면 나중에 더 골치 아픈 일이 생기지 않을까?"

나는 엄마의 마음속에 아직 신데렐라의 꿈이 남아 있기를 마음속으로 기도했다. 엄마의 마음속에 잘난 사람에게 사랑받고 싶다는 꿈이 조금은 남아 있기를. 그래야… 그래야 엄마 마음을 돌릴 수가 있는 거니까. 다행히도 엄마는 내 말에 흔들렸고, 결국 혼인신고를 미루게 되었다.

"그래, 어차피 1년 지나면 너 대학 가니까… 너 대학 입학할 때, 그때 하는 편이 깔끔하고 더 낫겠다."

그렇게 원래 하기로 했던 때에 혼인신고를 하지 않았는데, 그 사실을 아저씨와 유미는 까맣게 모르고 있었다. 미안해진 엄마가 차마 아저씨에게 말을 꺼내지 못했고 나는 당연히 유미에게 말해주지 않았으니까. 난 유미에게 결코 친절한 사람이 되어주고 싶지 않았다.

하지만 유미는 우리가 정식으로 자매가 된 줄 알고 학생 정보 작성란에 그렇게 적었고, 또 설명했던 것이었는데, 그게 담임의 눈에는 정신 나간 소리를 잘도 지어내는 관종으로 보였다. 게다가 남에게 미움 살까 봐 안절부절못하고 남들이 자기를 좋아해주길 간절히 원하는 성격도 괴롭힘당하는 데에 한몫했다. 한껏 강아지같이 구는 그 애를 걷어차고 싶어 하는 못된 애들은 어딜 가나 있었고, 학교 안에서 유미는 그렇게 놀림과 경멸을 받는 관종기 있는 왕따가 되었다.

잔뜩 어두워진 낯빛의 유미를 급식소나 복도에서 종종 마주칠 때가 있었다. 처음에는 안 그랬지만, 유미의 얼굴에는 어두운 기색이 점점 커져갔고, 어느 날엔가 마주친 유미의 눈이 간절하게 나를 본 적이 있었다. 어느 날엔 몹시도 나를 아는 척하고 말을 걸고 싶어 하는 것 같았다. 그렇지만 나는 별일 없다는 듯이 그냥 스쳐 지나갔다. 약속은 약속이었으니까.

왕따를 당한 후에 유미는 집 안에서도 점차 말이 없어지고 우울해했다. 그런 유미를 두고 엄마와 아저씨는 그저 유미에게 사춘기가 온 거라고 생각했다. 나는 아무 말도 해주지 않았다. 그러다 유미는 몇 달 버티지 못하고 학교를 자퇴했다. 엄마는 끝내 몰랐지만 아저씨는 유미가 왕따를 당해서 자퇴했다는 걸 나중에는 짐작한 것 같았다. 그래도 유미가 자세한 얘기를 아저씨에게 한 것 같지는 않았다. 엄마가 하기로 한 혼인신고를 하지 않았다든지, 내가 유미에게 학교에서 아는 척하지 말라고 했던 일이랄지…. 그런 얘기는 전혀 하지 않은 것 같아 다행이었다. 유미가 다른 건 몰라도 성격은 멍청하리만큼 순해빠진 게 나에게는 다행한 일이었다.

III

고양이 앞의 쥐

    학교에서 유미가 사라지자 마음이 홀가분해졌다. 그리고 자퇴하는 것이 유미에게 더 잘된 일이라 생각되기도 했다. 유미는 자퇴한 뒤에 한동안 집에만 있더니 어느 날 갑자기 하고 싶은 일이 생겼다고 말했다.
    "저, 헤어 디자이너가 되고 싶어요."
    유미는 검정고시를 준비하는 대신 미용 기술을 배워보겠다고 했다. 그런 유미를 보며 나는 속으로 '공부는 아예 포기했구나?'라고 생각했다. 유미는 공부를 그런대로 하는 편이었는데, 자퇴를 계기로 아예 공부와는 담을 쌓은 것 같았다.

아직 미성년자인 데다 형편도 좋지 않았기 때문에 유미는 미용을 배우는 언니, 오빠들을 따라다니며 정보를 알아보러 다녔고 나는 그런 유미에게 관심을 보이지 않았다. 그러거나 말거나 나는 내 수험 생활에 집중했다.

그러다 필요한 걸 사러 밤에 시내에 나간 날, 나는 거리에서 놀라운 광경을 보았다. 유미가 시내 중심가에서 한눈에 봐도 질이 안 좋아 보이는 무리와 같이 있는 걸 본 것이다. 형형색색 차림을 한 여자 둘과 남자 셋, 그리고 맞은편에 얌전한 차림새의 유미 모습은 너무나 어울리지 않았다. 베이지색 코트를 입고 촌스러운 목도리와 귀마개를 한 유미가 양아치로 보이는 애들의 눈치를 보고 있었는데, 그 모습이 어쩐지 너무나 아슬아슬해 보였다. 그 애 중에서도 오토바이에 몸을 기댄 채로 맞은편의 유미를 물끄러미 바라보고 있는 노랑머리 녀석이 가장 위험해 보였다. 초식동물인 유미가 하이에나 같은 녀석에게 언제 잡아먹혀도 이상하지 않은 모양새였다. 나는 유미가 왜 그런 무리의 애들과 함께 있는지 짐작이 갔다. 머리를 배우고 싶지만 막상 어디 정식으로 등록해 배울 형편은 안 돼서 제 딴에 인터넷 지역 모임으로 미용 배우는 무리와 어울리는 것 같았는데, 결국엔 위험에 빠진 쥐새끼 꼴이 되어버린 것이었다.

나는 적당히 떨어진 곳에서 유미가 불량한 애들과 시간을 보내는 모습을 보았다. 오토바이에 앉은 노랑머리의 남자애가 유미 쪽으로 몸을 기울인 채 시시껄렁하게 웃고 있었고, 주위에 선 다른 녀석들은 웃으며 그 둘을 지켜볼 뿐이었다. 유미의 표정은 난감해 보였다. 나는 더 이상 보지 않는 편이 나을 것 같아 돌아서 다른 길로 갔다.

집으로 돌아온 뒤로도 마음에 걸려 어디에다 속을 털어놓아야 마음이 진정될 것 같았다. 그렇다고 해도 어른들에게 말할 엄두가 나지는 않았다. 왜 그 자리에서 모른 척 돌아왔냐고 묻기라도 한다면 뭐라 대답할지 자신이 없었기 때문이다. 내게 유미에게 그 정도의 애정과 관심이 있을 리 없었으니까.

그날 내가 한 건 언제나 그랬듯 일기장 삼아 혼자 쓰는 비공개 블로그에 유미에 대한 속마음을 적는 것뿐이었다.

「유미는 대체 어쩌려고 그러는 걸까…」에서 시작된 글은, 「…나는 그 애가 너무 안됐다.」로 끝이 났다.

∞

그 무렵, 엄마가 집에 들어오지 않기 시작했다. 처음에는 엄마가 늦는 줄로만 알았다. 보험 일을 하는 엄마는 사람 만날 일이 많았고, 그래서 집에 늦게 들어오는 일이 더러 있었기 때문이다. 그런데 엄마는 그날 아예 집에 들어오지 않았다. 늦겠다는 연락도 없었고, 전화를 걸어도 받지 않았지만 다음 날 아침이 되면 연락이 올 거라고 생각했다. 엄마도 어른이니까, 친한 아줌마들이랑 어울려서 놀다가 깜빡하고 그 집에서 잠이 들었을 수도 있는 거라고 생각하면서.

나는 문자 한 통만을 엄마에게 보냈다.

「엄마, 문자 보면 꼭 전화 줘.」

그러나 엄마는 다음 날이 되어도, 그다음 날이 되어도 집에 돌아오지 않았다. 처음에 나는 집에 들어오지 않는 엄마를 걱정했다. 무슨 일이 일어난 게 아닐까? 무슨 사고가 일어난 게 아닐까? 그렇지 않고서야 엄마가 나를 두고 집에 돌아오지 않을 리가 없었다. 그래서 실종 신고를 하기 위해 평소에는 눈길조차 주지 않던 아저씨에게 먼저 말을 걸었다.

내가 안방으로 들어가자 아저씨는 바로 나를 향해 몸을 돌렸다. 아저씨의 안색은 안 좋아 보였다. 그 낯빛을 보며 나는 그래도 아저씨가 엄마를 생각해주는 사람이구나 하는 생각이 들었다. 아쉬운 건 그 사람이 너무 형편없고 볼품없이 초라하다는 것이지만 말이다.

나는 아저씨에게 단도직입적으로 말했다.

"엄마 실종 신고를 해야겠어요."

그러자 아저씨는 한숨을 푹 내쉬며 말했다.

"안 그래도 네 엄마 실종 신고하러 파출소에 다녀왔단다. 하지만 안 된다더라."

"왜요?"

"성인은 실종이 아니라 가출로 신고를 해야 한다고 하더구나. 특별한 경우가 아닌 이상은 무조건 그렇게 하도록 되어 있대."

말이 안 된다고 생각했다. 나는 기운 없이 앉아 있는 아저씨를 보며 속으로 '쓸모없는 아저씨'라고 생각했다. 이럴 때조차 아무 도움도 되어주지 않는 무능력한 아저씨. 이런 내 속마음을 알 리 없는 아저씨는 울적한 얼굴을 하고서 말을 이었다.

"사실… 짐작 가는 일이 있긴 해. 엄마가 요즘 누군가와 자주 통화하고 어딘지 나에 대한 태도도 달라진 게… 다른 남자가 생긴 것 같았어. 하긴 난 언제 버려져도 이상할 게 없는 놈이니까…. 오히려 그동안 데리고 살아줘서 고마웠지."

아저씨의 눈시울이 붉어지는가 싶더니 텁텁한 눈물이 흘러내렸다. 아저씨는 푸석한 얼굴을 양손으로 문지르며 마른세수를 했다.

'엄마에게 남자가 생겼다고?'

한순간 내가 발 딛고 있던 땅이 갑자기 무너진 것 같았다. 모든 게 아저씨 탓만 같았다. 모든 게 다 아저씨가 잘못해서 생긴 일이었다. 아저씨가 무능하니까, 답답한 사람이니까 이런 일이 생겨나버린 거다. 하지만 아무리 그렇다 해도 엄마가 나를 두고 가버렸다는 건 믿어지지 않는 일이었다. 발 디딜 곳이 사라져버려 허우적거리는 심정이었다. 비참한 건 시간이 지날수록 아저씨 말이 맞을지 모른다는 쪽으로 생각이 기울어간다는 거였다.

너무 신경 쓴 탓인지 중간고사 성적은 평소보다 떨어졌고, 하루하루 비참한 기분이 들었다. 특히나 거슬리는 건 유미의 위로였다. 유미의 위로에는 분명 가식이 없었다. 그런데도 나는 유미의 위로가 거슬리고 짜증이 났다. 유미에게 없는 엄마가 나에게도 없는 게 되어버렸다. 나는 유미의 위로가 고맙기는커녕 거슬리기만 했다.

갑작스럽게 찾아온 불행은 거기에서 날 놔주지 않았다.

모의 수능 시험이 있던 날이었다. 점심시간에 점심을 먹고 올라와 자리에 앉는데, 주위에서 나를 힐끗거리는 시선이 느껴졌다. 노골적으로 드러내지는 않았지만 어쩐지 나를 조롱하는 느낌, 그리고 시선…. 다들 나를 두고 얘기하는 것 같지만 어디까지나 느낌에 불과한지라 무어라 할 수는 없는 그런 찝찝함이 느껴졌다.

그러다 마침내 5교시 제2외국어 영역 시험까지 끝이 나자, 나는 그제야 나를 향한 그 불쾌한 시선들의 정체를 알게 되었다. 마치 기다리기라도 하듯, 미정의 무리가 내 자리로 다가왔다. 그리고 뒤에서부터 선아의 비꼬는 목소리가 들렸다.

"시험 집중하기 힘들었을 텐데…."

애들이 앞으로 다가오자 나는 불길한 예감을 느꼈다. 그 시선들은 분명히 나를 깔보고 있었다. 불안한 기분이 들었지만 나는 아무렇지 않은 척하고 물었다.

"무슨 소리야? 그게?"

그러자 미정이가 더는 참지 못하겠다는 듯 말했다.

"네 어머니 가출했다며? 포르쉐로 너를 등교시켜주는 아주 부자 친구를 둔 네 어머니 말이야."

나는 애써 당혹감을 감추며 말했다.

"나는 너희가 지금 무슨 소리를 하는 건지 모르겠어."

"너, 많이 힘들 것 같은데…. 정말 괜찮아? 네 엄마가 너를 두고 집을 나가버렸는데 공부가 돼? 그런데 네 엄마도 참 너무하셨다. 어떻게 수능이 코앞인 고3 딸을 두고 집을 나가실 수가 있냐?"

악의에 찬 그 말에 나는 미정이를 노려보았다. 그리고 더는 참지 못하고 속사포같이 말을 쏟아내었다.

"그게 무슨 헛소리야? 왜 내 앞에서 이상한 얘기 하는 건지 이해가 안 간다. 그것도 다른 애들 다 보는 앞에서 무슨 헛소리야? 시험 망쳤으면 조용히 공부나 해. 그래야 다음 시험 안 망치지. 나한테 시비 걸 게 아니라 공부를 하란 말이야. 그게 더 생산적이지 않겠어? 나한테 이렇게 헛소리로 시비 건다고 해서 네 시험 성적이 오르는 것도 아니잖아?"

"넌 항상 이런 식이더라."

"뭐?"

"아닌 척, 잘난 척, 은근슬쩍 뭐라도 있는 척. 그런데 어떡해? 네 실체가 탄로 나버린걸. 네 엄마 가출 신고하느라 정신없었지? 너 파출소에 네 엄마 가출 신고 안 받아들여져서 경찰서까지 갔었다며? 안 받아주는 가출 신고를 울고불고

받아달라고 한 그 여청과 형사가 옆 반 반장 아빠거든. 그 날 옆 반 반장이 아빠 속옷 챙겨주러 갔대. 그러다 눈이 퉁퉁 불어서 여청과를 나오는 너를 봤다는 거야. 너는 정신없어서 걔를 못 봤겠지만 걔는 너를 봤대. 걔가 궁금해서 자기 아빠한테 무슨 일인지 물어봤고, 결국 우리도 네 사정을 알게 된 거야. 그러니까 이제 더는 내숭 떨 필요 없어. 그동안 있는 척 연기하느라 수고 많았어."

미정이 무리는 미소를 지으며 자리를 떠났다. 그제야 나는 내 주위를 감싸는 찝찝한 분위기의 원인을 알게 되었다. 수치심에 온몸이 빨개지는 것 같았고, 그것은 내게 있어 참을 수 없는 고통이었다. 날 두고 떠나간 엄마가 무척이나 원망스러웠다. 당장에라도 미정이의 머리채를 잡아끌어 내동댕이쳐주고 싶었지만 그러지 못했다. 내가 할 수 있는 건 그저 아무렇지 않은 척, 고3 수험 생활을 마무리하는 것뿐이었으니까.

인정하고 싶지 않았지만 내 모의 수능 점수는 전보다 떨어지고 있었다. 모든 게 엄마 때문이었다. 이대로 가면 장학금은커녕 원하는 대학에 안정권으로 입학할 수 있을지도 미지수였다. 이 상태로는 좋은 대학에 합격하더라도 입학금이 없어서 대학에 들어가지 못하겠다는 불안감이 들었다. 누구 하나 나를 도와줄 사람이 없었다. 무조건 공부만 열심히 하라고, 공부 열심히 해서 좋은 대학에 합격하기만 하면 등록금이며 생활비며 다 내주겠다던 엄마는 날 두고 떠나버렸고, 집에는 무능력한 아저씨와 돈이 없어서 정식 아카데미는 다니지 못하고 질 나쁜 애들한테라도 어깨너머로 머리를 배우겠다며 밖으로 나다니는 한심한 유미가 있을 뿐이었다.

엄마가 집을 나간 이후로 집에 있는 시간이 더욱 불편해졌다. 엄마가 있었을 때는 분명 이 집에서 얹혀사는 기생충은 항상 주눅 들어 있는 아저씨와 애정결핍에 공주병인 유미였는데, 상황이 달라져 있었다. 아저씨와 유미가 양심 없이 내게 나가라는 말을 한 것도 아니었고, 눈치를 준 것도 아니었지만 난 이 역전된 상황이 너무나 불편했다. 그러면서도 모아둔 돈도 없고, 제대로 돈을 벌어오지도 못하는 아저씨가 마음에 들지 않았다. 그나마 아저씨에게 돈이 있었더라면 말이라도 해볼 수 있고, 소심한 아저씨는 내 부탁을 거절 못 하고 내게 학비를 빌려줄 수 있었을 텐데, 무능한 아저씨에게는 그럴 일도, 그럴 수도 없었다. 아저씨는 마음이 소심한 데다 몸도 허약해서 그나마 일용직이라도 하겠다고 막노동판을 나갔다가도 며칠도 못 가서 어디 다쳐 돌아와 앓

아눕기 일쑤였고, 반장이란 사람이 아저씨 멱살을 잡고 우리 집까지 끌고 온 적도 있었다. 그날 반장이라는 사람은 집 대문 밖에서 볼품없는 아저씨의 한쪽 어깨를 붙들고서 잔뜩 화를 내며 따져 물었다. 일이 서툰 아저씨가 일을 망쳤다는 것이었다. 나는 그때 잔뜩 기죽어 있는 아저씨의 얼굴을 보고서 혐오감을 느꼈다.

"어떻게 사람이 저렇게 벌레 같을 수 있지?"

그 앞에서 쩔쩔매는 뒷모습을 보며 나는 아저씨가 더없이 한심하게 느껴졌다.

그런 기억들이 떠오르자 엄마가 가출한 것도 아저씨 때문이라고 더욱 확신하게 되었다. 아저씨가 그렇게 아무짝에 쓸모없고 도움이 안 되니까, 엄마도 아저씨가 짐짝 같고 부담스러워서 떠나버린 게 아닐까. 마음이 약해서 차마 내쫓지는 못하겠고… 그래서 떠나버린 게 아닐까? 그런데… 그런데 왜 엄마는 혼자만 떠났을까. 왜 날 데려가지 않은 걸까? 그 질문 앞에서 나는 옴짝달싹할 수 없었다.

담임은 수능을 두 달 앞두고 면담을 하자고 했다. 나는 담임이 무어라 말할지 예상하고 있었다. 내 떨어진 성적을 얘기하리라고….

"현주야, 요즘 네 성적, 상위권 아닌 거 알지?"

역시 예상대로였다. 나는 아무 대답을 하지 않은 채 면담 시간이 빨리 끝나기만을 바라면서 담임 말을 듣기만 했다.

그러나 담임의 다음 질문은 예상하지 못한 것이었다.

"너, 요즘 무슨 일 있지?"

그 질문이 나는 묘하게 거슬렸다. 담임이 무얼 궁금해하는지, 내게서 무슨 얘기를 듣고 싶어 하는지 뻔했으니까. 전교에서 가장 공부를 잘하던 애의 엄마가 가출했다는 소문은 웬만한 애들이 다 아는 얘기가 됐고, 애들이 다 아는 걸 담임이 모를 리 없었다. 결국 담임은 내 입에서 자세한 얘기가 듣고 싶었던 것이다.

어른들은 참 잔인하다. 잔인하기로 치면 유미의 담임이나 내 담임이나 별반 다르지 않았다. 하지만 나와 유미는 다르기에 나는 유미처럼 바보같이 굴기 싫었다. 나는 담임이 궁금해하는 얘기를 절대 하지 않고 자리에서 일어나 인사를 하고는 교무실을 떠났다. 내 입에서 궁금한 얘기를 못 들은 담임은 입맛을 다셨지만, 그런 건 내 알 바가 아니었다.

담임 말대로 나는 잘하면 상위권 대학에 갈 수는 있었지만, 그렇다고 해서 절대 안정권은 아니었다. 상위권 대학에 장학금 받고 입학하는 걸 목표로 했던 몇 달 전과는 많은 게 달라져 있었다. 모든 게 다 마음이 불안해서였다. 합격했다 한들, 다닐 등록금이나 있겠나 하는 허탈한 생각이 나를 짓눌렀다. 그렇게 불안해하는 시간에 돈을 벌어볼까도 생각해 봤지만, 평범한 아르바이트로는 얼마 벌지 못하고 괜히 아까운 시간만 낭비하는 셈이 될 게 뻔했다. 그러다 내 눈에 띄게 된 건 전봇대에 붙은 고액 과외 전단지였다. 고액 과외를 할 수만 있다면, 불안한 마음을 가라앉힐 수 있을지도 몰랐다. 그러다 문득 한 사람이 생각났다. 내가 공부 잘한다는 이유로 나를 좋아해주고 예뻐해주고, 인정해주었던…. 또 자기 중학생 아들의 과외를 구한다고 했던, 유미가 다닌다는 교회의 장로 사모님.

나는 휴대폰에 저장해두었던 장로의 사모님에게로 전화를 걸었다.

"현주가 과외 맡아준다고 하면 나야 좋지."

사모님은 나를 반겨주었다. 그리고 이렇게 덧붙였다.

"현주는 공부 잘하는 모범생이니까."

나는 정말 선택을 잘 했다고 생각했다. 학교에서는 나보다 못한 애들이 괜히 내 약점을 잡고서 자기들이 뭐라도 된 줄 알고 착각하고, 집에는 두 기생충 때문에 괜히 집을 빼앗긴 것 같아 우울했는데, 이제 살 것 같은 기분이 들었다. 과외는 시간은 많이 쓰지 않아도 되었고, 그것에 비해 돈은 넉넉히 받을 테니까. 게다가 사모님은 날 몹시도 마음에 들어해 다른 데보다 과외비를 잘 쳐줄 게 분명했다.

사모님도 내게 이렇게 말을 했다.

"그런데 현주야, 너같이 성적이 확실한 상위권 애는 다른 과외생처럼 기본급으로 받는 것보다 성과급으로 받는 게 더 낫지 않을까?"

"성과급이요?"

"그래."

"어차피 너 연고대는 무조건 갈 거잖아. 수능 끝날 때까지 기다려봐서, 스카이 합격하면 더 받고, 아니면 기본급 받는 걸로 하는 게 낫지 않을까? 아줌마도 잘 챙겨주고 싶어서 그래. 그냥 다른 과외생들 받는 대로 받는 것보단 실력에 맞게 받는 게 더 좋지 않을까? 혹시 아니? 아줌마가 2배, 3배 더 쳐줄지도?"

사모님이 상냥하게 그렇게 말하는 순간, 나는 나 자신이 정말 운이 좋다는 생각이 들었다. 내가 예정대로 연고대에 합격하기만 하면… 2배, 아니, 3배의 과외비 다섯 달 치를 받게 되면 입학금은 걱정할 필요가 없었기 때문이다. 나는 자신 있는 얼굴로 대답했다.

"네, 그렇게 할게요!"

그렇게 나는 악착같이 수능 시험 준비를 했다. 과외 아르바이트를 병행했지만, 별 무리는 없었다. 일주일에 두어 번, 갈 때마다 두 시간씩, 내게는 너무나 쉬운 중학생 영어, 수학 공부를 가르쳐주면 되었기 때문이었다. 사모님이 자꾸 나와 얘기하고 싶어 해서 신경이 좀 쓰이고 과외 맡은 애가 머리 나쁜 꼴통이라 답답하기는 했지만 말이다. 이렇게 머리 나쁘고 공부하기 싫어하는 애가 비싼 과외를 받는 걸 보면서 세상이 참 불공평하다는 생각이 들었다. 그래도 사모님 앞에서는 절대로 그런 기색을 내보이지 않았다. 사모님은 낮 동안에는 사업차 일을 보러 다니지만, 내가 과외 하러 오는 저녁 시간대에는 집에만 있었다. 거실에 앉아서 과외가 잘 되고 있는지 신경 쓰는 게 어린 내 눈에도 티가 날 정도였다.

이따금 사모님 친구가 오기도 했는데, 거실을 오가며 나는 사모님 친구가 시내에 호프집을 낸다는 얘기를 자주 듣게 되었다. 듣고 싶어 들었던 건 아니었지만, 돈 많은 사람들이 사는 이야기에 나도 모르게 관심이 일었고 그러다 이상한 얘기도 듣게 되었다.

"저번에 호프집 준비한다는 건 어떻게 되어가?"

"아, 이번 달에 오픈해."

"생각보다 빨리 여네?"

"내가 그러려고 얼마나 신경 썼는지 몰라."

"호프집이면 돈 많이 들었겠다. 인테리어며, 뭐며… 요즘 손님들 좀 까다로워야지. 게다가 이래저래 시청에 신고할 것도 있고, 의무적으로 가게에 설치해야 할 것들도 있고 해서 들어간 돈이 꽤 많았겠는데?"

"내가 누구야? 그걸 다 지키면 개업 날짜를 어떻게 맞춰? 돈은 또 얼마나 많이 들고? 장사는 다 돈 벌자고 하는 건데. 장사란 게 뭐, 거룩한 뜻이 있어서 하는 게 아니잖아? 이런 거 저런 거 다 지키면 장사 못 하지."

"그래서 어떻게 했는데?"

"대충 공사를 쳐놨다는 얘기야. 소방 시설 놓을 자리를 없애고 대신 뒤에까지 테이블 개수를 늘렸지. 전담 공무원이랑 얘기 잘했어. 돈 드는 건 되도록 안 하고, 공간 살짝 빼는 거 눈감아주기로 했어."

"그러다 사고라도 나면 큰일 나는 거 아니야?"

"얘, 너는 사고라도 나길 바라는 것처럼 얘기한다? 진짜 그럴 확률이 얼마나 되겠어? 그 낮은 확률에 공간 잡아먹히고 돈 들일 필요 없어. 그리고 내가 뭐, 하우스 도박장을 차렸니, 성인 오락실을 차렸니? 그저 내 능력으로 있는 힘껏 돈 좀 벌어보겠다는 건데…. 그냥 적당히 사는 거지. 사람 사는 거 다 거기서 거기야. 문제 될 거 전혀 없어. 전담 공무원이랑 얘기 잘해서 처리해놨으니까, 앞으로 돈 벌 일만 남은 거지. 미성년자 위주로 받으려고. 어차피 이 동네엔 대학생도 없고, 나이 든 사람들이야 카바레, 나이트 가지, 젊은 애들 다니는 호프집 잘 안 오잖아? 단속 뜨기 전에 미리 연락받기로 했으니까 문제없어."

그런 대화를 듣고 있자니 기분이 이상했다. 내가 아는 사모님과는 전혀 어울리지 않는 친구, 어울리지 않는 대화였기 때문이다.

그러나 몇 달이 지나 나는 그때의 사모님이 진짜 사모님의 얼굴이라는 걸 알게 되었다. 내가 고려대에 합격했는데도 사모님은 내게 줄 것처럼 말한 과외비 액수를 챙겨주지 않았기 때문이다.

2월 말, 과외를 마치기로 한 날, 사모님은 내게 고작 150만 원의 과외비를 주었다. 지난 다섯 달의 과외비로 150만 원이면, 내 한 달 과외비를 30만 원으로 쳐준 셈이었다. 한 달에 30만 원이면 평범한 과외비와 차이가 없는 금액이었다. 딱 보통의 과외비였다. 나는 실망했다. 그런데 돈을 더 달라고 할 수는 없었다. 나를 보며 미소를 짓는 사모님의 얼굴을 보자 생각이 난 게 있었다. 사모님은 내게 2배, 3배 올려줄 수도 있다고 했지, 올려주겠다고 한 게 아니란 것을. 그 말을 듣고 좋아서 기대한 건 나였고, 그러니 얘기를 꺼냈다가는 자칫 우스꽝스러울 것 같았다. 나를 보는 사모님의 표정이 너무나 태연해서 더욱 말할 엄두가 나지 않았다. 나는 억울한 기분이 들었지만, 자존심이 상할 일은 차마 할 수 없었다. 그래서 입을 다물고는 인사도 없이 그 집을 나와버렸다. 그러다 집으로 가는 길에 욱하는 기분이 들어, 공중전화 박스 안으로 들어가 시청에 전화를 걸었다. 문제 많은 호프집을 낸 사모님 친구라도 신고해버리고 싶어서였다.

"장사는 돈 벌려고 하는 거야. 봉사하고, 남 즐거우라고 하는 게 아니라니까. 최대한 적게 투자해서 많이 남겨 먹는 게 이득이지. 그렇게 벌어서 더 크게 투자하고… 그래야 돈이 돈을 벌어다 준다니까!"

그때 들었던 말을 시청에 그대로 말해주고 싶었다. 그런데 막상 시청 상담원이 "여보세요?"라는 목소리가 수화기 너머로 들려오자, 나는 전화를 끊어버렸다. 신고한 게 나라는 게 들통 날까 두려워서였다. 결국 나는 아무것도 하지 못한 채 집으로 돌아왔다.

학교에서는 내가 명문대에 합격한 걸 아니꼽게 여기는 애들이 적지 않았다. 담임은 날 친절하게 대했지만, 그게 다 학교 현수막에 명문대 합격자 명단에 이름 넣을 학생이 하나 더 늘어서라는 게 뻔히 보였다. 내 속은 모른 채 싱글벙글 웃어대는 그 얼굴을 보는 게 나는 비위가 상하도록 싫었다.

학교도 집도 마음에 들지 않았다. 수능이 끝난 학교는 일찍 수업을 마쳤고, 나는 교회로 갔다.

IV

마주친 구원의 순간

 기도를 하러 간 것인지 화를 내러 간 것인지 모를 만큼 나는 교회 예배당에 앉아 두 손을 모으고 눈을 감은 채 속으로 화를 냈다. 십자가 앞에서 두 손을 모은 순간부터 화가 치밀었다. 나는 신에게 따져 물었다. 나는 충분히 잘났고 잘해왔는데 왜 모든 것이 엉망진창이 되어버렸는지. 신이 일부러 나를 괴롭히는 거라는 생각까지 들 정도였다. 나는 신에게 말했다. 제발 나를 구해달라고, 나를 구원해달라고. 나는 그럴 자격이 있으니까.

 그렇게 기도를 마친 뒤에 교회를 나와 교회 뒤편에 있는 놀이터로 가서 그네에 앉았다. 놀이터에는 어린아이들과 아이들의 엄마로 보이는 아줌마들이 모여 있었다. 놀이터에서 웃고 떠드는 소리를 듣고 있으려니 세상에 오직 나만 불행한 것 같았다. 그런 내 눈에 대여섯 살쯤으로 보이는 꼬마 남자아이가 들어왔다. 아이는 정신없이 뛰어다니느라 바빴고 아이의 엄마는 그런 아이가 다칠까 염려하며 뒤따라 다녔다. 그 모습을 보자 배알이 뒤틀리는 것 같았다.

'나에게도 저런 시간이 있었을까? 저런 시간이 있기는 했었을까?'

머릿속에서 솟구치는 질문에 마음속에서 메마른 응답이 떠올랐다.

'나에게는 저런 시간이 없었어. 그러니 보상받아야 해.'

그 순간, 나의 기도에 응답하듯 휴대폰 벨이 울렸다. 유미에게서 걸려온 전화였다. 그것은 나에게 기회가 되었다. 나에게 찾아온 보상의 기회. 그 기회를 전해주러 유미가 전화를 걸어온 것이었다.

— 언니, 여기 서원 병원인데…. 와주면 안 될까?

유미의 목소리에는 근심이 차 있었는데, 어쩐지 평소와는 다르게 무척이나 불안한 목소리였다. 내가 만일 좋은 언니였다면, "왜? 무슨 일 있어?"라고 걱정하며 물었겠지만, 나는 그런 언니가 아니었다. 그런 언니가 되어줄 마음은 추호도 없었다. 그랬기에 나는 그대로 전화를 끊어야겠다고 마음먹었다. 그런데 전화를 막 끊으려는 순간, 다급한 유미의 목소리가 들려왔다.

― 언니, 아빠가 많이 다치셨어. 교통사고래. 언니…, 우리 아빠 어떡해? 나, 너무 무서워. 아빠는 수술실 들어가셨는데, 보험사 직원 아저씨가 와서 자꾸 나한테 뭘 주면서 사인해달래. 보험사 아저씨가 나랑 빨리 매듭 좀 짓자는데 무슨 말인지 하나도 모르겠고, 좀 겁이 나. 언니가 와주면 안 될까?

그때 내 마음속에 진심으로 아저씨가 걱정된다거나 유미가 가엾다거나 하는 마음은 들지 않았다. 그저 '보험'이란 단어가 깊이 박혔던 것이었다. 엄마가 보험 일을 했기에 나는 보험에 대해 어느 정도는 알았다. 아저씨가 다친 상황에서 보험사 직원이 나타나 유미에게 서명하라는 건, 보험금 지급에 대한 것이라는 짐작이 들었다. 그 순간, 어쩌면 목돈이 생길지도 모른다는 생각이 머릿속을 스쳐 지나갔다. 그러면 안 된다는 생각을 하면서도 나는 이것이 내 인생의 처음이자 마지막 동아줄은 아닐까 하는 생각이 들었다. 신이 내 기도를 들어준 게 아닐까, 신이 내 기도에 응답한 게 아닐까,

하는 생각에 아저씨가 입원한 병원으로 가는 내내 기분이 들떴다.

내가 병원에 도착했을 때 아저씨의 수술은 끝나 있었고 보험사 직원은 자리를 떠난 뒤였다. 유미는 보험사가 내민 서류에 사인을 하지 않았다고 했다. 유미는 말했다.

"간호사 언니가 어차피 큰 수술이 아니라 아빠가 금방 회복하실 거라 했거든. 어른들끼리 얘기하게 하는 게 나을 거라 해서…."

병실로 가보니 유미의 말대로였다. 아저씨는 심하게 다친 것은 아니었다. 아저씨는 회복실에 오래 머물지 않고 바로 일반 병실로 옮겨졌다. 크게 다치지 않아서였다. 차에 치인 충격으로 팔과 다리에 골절이 생겨 철심을 박는 수술을 했다고 했다. 아저씨는 통증은 심해 보였지만 그렇다고 말을 하지 못할 정도는 아니었다. 아저씨는 자신을 걱정하며 우는 유미를 달래주더니 나에게 할 말이 있다고 했다. 나는 유미를 보내고 아저씨가 하려는 얘기를 들어주기로 했다.

"여기 앉으렴."

아저씨가 기운 없는 목소리로 말했다. 내키지는 않았지만 아저씨가 시키는 대로 옆자리에 앉았다. 잔뜩 푸석해진 얼굴을 하고서 다친 몸에 붕대를 감고 있는 아저씨는 평소보다 더욱 초라해 보였다.

"너한테 계속 안 좋은 꼴만 보여 민망하구나. 좋은 모습을 보여주고 싶었는데…."

나는 아저씨가 내 눈치를 보며 하는 말들이 지루하고 따분하게만 느껴졌다. 아저씨에게는 혼자 써야 하는 반성문을 자꾸만 눈앞에 있는 사람에게 쓰는 습관이 있었다. 그것도 자신을 좋아하지 않는 사람에게 말이다. 그렇게 하는 게 더 한심해 보인다는 걸 아저씨는 모르는 것 같았다. 그래서 더 한심해 보였다. 한심하고 같잖아 보이는 사람은 하나같이 자신이 그렇게 보이는 행동들을 스스로 한다는 걸 왜 모르는 걸까? 이러니 무시하지 않을 수가 없다.

이제 자리에서 일어나야겠다고 마음먹을 때였다. 아저씨가 내게 자기가 갈아입은 점퍼를 가져와달라고 부탁했다. 나는 아저씨의 옷을 만지는 게 찝찝했다. 그래도 아저씨가 혹시라도 보험금 얘기를 하지 않을까 하는 기대로 점퍼를 가져다주었다. 그러자 아저씨는 조심스럽게 말했다.

"현주야, 사실은 말이다…. 내가 너에게 부탁할 것이 있어."

"무슨 부탁이요?"

아저씨는 점퍼 주머니에서 무언가를 꺼내더니 말했다.

"이거… 말이다."

아저씨가 꺼낸 건 다름 아닌 현금카드였다. 아저씨는 말했다.

"사실… 며칠 전에 유미 엄마를 만났단다."

그 말에 나는 적잖이 당황했다. 왜냐면 유미는 엄마가 없는 애였기 때문이었다. 유미는 엄마가 없는 채로 자기 아버지와 단둘이 우리 집에 왔고, 자기 입으로도 엄마는 자기를 낳자마자 죽었다고 했다. 그래서 나는 유미를 처음부터 엄마가 없는 애라고 생각했다. 그런데 아저씨가 유미의 엄마를 만났다는 게 무슨 의미인지 이해가 되지 않았다.

"유미에게 엄마가 있어요?"

그러자 아저씨는 몹시도 쓸쓸한 얼굴을 하고서 말했다.

"응, 내가 못난 아버지라서 유미가 엄마를 못 만나고 살 뿐 유미에게 엄마가 있지. 유미 엄마는 내가 한때 동거했던 여자야. 나와는 어울리지 않게 정말 잘나고 고운 여자지. 유미가 제 엄마와 많이 닮았어. 유미 엄마는 줄곧 유미를 그리워했단다. 지금은 새 가정을 꾸렸지만 여전히 유미를 딸로 아끼고 많이 사랑하지."

나는 어쩐지 속이 뒤틀리는 기분이었다. 아끼고 사랑한다고? 아끼고 사랑하는데 어째서 자기 딸을 버릴 수가 있지?

그리고 어떻게 여태 만나러 오지 않을 수가 있는 거지? 그건 아끼고 사랑하는 게 아니지 않나? 아끼고 사랑하는 딸을 두고 다른 남자와 살 수 있어? 나는 아저씨의 말이 우습다고 생각했다. 그런데 멍청하고 눈치 없는 아저씨는 계속해서 우스운 얘기를 했다.

"매 순간 유미에게 빚을 진 마음으로 살았다고 하더구나. 그래서 그동안 유미에게 사주고 싶은 게 있을 때마다 저축을 해놓았다더라. 얼마 전에 아는 사람을 통해 유미 엄마와 연락이 닿게 되었어. 네 엄마가 집을 나가고 나서 생긴 일이야. 네 엄마가 집을 나가기 전에 만난 일은 전혀 없었어."

'아저씨, 나는 그런 것에는 관심이 없어요. 본론만 말하세요. 슬슬 지겨워질 것 같으니까.'

나는 아저씨의 답답한 말을 참고 들어주는 게 슬슬 짜증이 났다. 조금만 더 짜증이 나면 입 밖으로 이런 말들을 내뱉어버릴 것만 같았다. 그때 아저씨가 내게 현금카드를 내밀며 말했다.

"네가 여기에 있는 돈을 인출해서 유미가 다니고 싶어 하는 아카데미에 등록해줄 수 있겠니? 그 안에 500만 원이 들어 있단다. 유미 엄마가 주고 간 거야. 원래는 이걸 들고 유미가 다니고 싶어 하던 아카데미에 등록하려고 아침부터 서둘렀는데 사고가 나고 말았어. 그런데 아카데미 등록 마감일이 오늘 저녁까지거든. 유미에게 직접 설명하기에는 유미에게 엄마 얘기를 할 엄두가 차마 나지 않았어. 유미는 자기 엄마가 자기를 낳다가 죽은 걸로 알고 있거든. 그동안 죽은 줄로만 알고 있던 엄마가 버젓이 살아 있다는 걸 알게 되면 유미가 많이 놀랄 거야. 상처도 받게 되겠지. 나는 그게 걱정이란다. 유미 엄마는 유미가 갓난쟁이일 때 유미를 떠났거든. 그것도 다 게으른 나 때문이었지만. 유미에게 갑자기 이 돈을 줄 수가 없으니 일단 아카데미에 등록은 해두고 나중에 적당한 설명을 해보려고. 그렇다 보니 현주 너에게 부탁 할 수밖에 없구나. 내가 퇴원하려면 족히 보름은 기다려야 할 것 같거든. 퇴원하면 너에게 어떻게든 사례를 할게. 그리고 집을 떠나마. 우리가 염치없이 네 집에 너무 오래 붙어 있었던 것 같아. 나갈 때 오늘 일은 꼭 사례하마."

나는 아저씨가 내민 현금카드를 손에 쥐었다. 아저씨의 현금카드를 손에 쥔 순간, 심장이 무척이나 뛰었다.

그때 아저씨의 목소리가 들려왔다.

"해줄 수 있겠지…?"

나는 아저씨의 얼굴을 보지 않은 채로 말했다.

"네…, 그럴게요."

하지만 내 대답은 아저씨가 해달라는 걸 하겠다고 말한 건 아니었다.

재빨리 병원을 나온 나는 현금카드를 손에 쥔 채 거리를 걸었다. 날씨는 추웠지만, 그래서 카드를 쥔 채 내밀고 있는 손이 빨개질 만큼 얼어붙었지만, 그런 것 따위 신경 쓰이지 않았다. 겨울이라 그런지 낮이 많이 짧아져 시간은 고작 오후 다섯 시가 넘었음에도 주위는 온통 어두워져 있었다. 막상 마음이 정해졌는데도 선뜻 방향은 정하지 못하고 있었다. 그건 나쁜 사람이 되는 걸 되도록 미루고 싶어서였던 게 아니었을까….

유미가 항상 내게 하는 말이 있었다.

"언니는 좋은 사람이야. 그래서 좋아."

유미는 나와 사는 동안 몇 번이고 이런 말을 했다. 유미를 처음 본 순간부터 나는 유미가 본능적으로 마음에 들지 않았다. 사랑받기 위해 애쓰는 표정과 눈빛…. 그런 것들이 너무나 싫었다. 나를 보는 유미의 눈빛은 늘 반짝였고, 유미는 날 좋아하고 따랐다. 그 모습이 하도 멍청해 보여서 한 번은 물어본 적이 있었다.

"너는 내가 왜 좋아?"

그러자 유미는 한 치의 망설임도 없이 이렇게 말했었다.

"언니는 좋은 사람이니까. 그래서 좋아."

이 말을 들었을 때 나는 아주 잠깐 얼어붙었었다. 왜 그런 건지는 모르겠지만, 그 순간 나도 모르게 당황했다.

아저씨가 준 카드를 쥔 채 거리를 걷는 동안, 유미의 그 말이 자꾸만 생각이 났다. 나는 거리를 정처 없이 걸었다. 그러면서도 나는 아카데미의 운영시간이 끝날 때까지 그곳으로는 가지 않았다. 이 현금카드가 내가 갖고 있는 모든 고민을 해결할 수 있는 유일한 동아줄이었으니까. 나에게 다음은 없었다. 아니, 다음은 겪고 싶지 않았다. 이번에 대학 입학을 포기하고 다음을 기약한다고 해도 내 인생은 더 나빠질 게 뻔했다. 성적은 더 하락할 테고 그렇게 되면 겨우 입학금을 마련한다 한들 성적이 안 돼서 좋은 대학에 가지 못할 거였다. 그리고 그렇게 내 미래는 어두워질 게 분명했다. 그러고 싶지 않았다. 내가 손에 쥔, 500만 원이 든 현금카드만이 내게 남아 있는 유일한 탈출구였다. 나는 그 기회를 놓치고 싶지 않았고, 결국 나는 아저씨의 부탁을 외면하기로 마음먹었다. 내가 그 아카데미 앞에 이른 건 아카데미가 문을 닫은 시간이 한참 지나서였다.

밤 열 시쯤, 나는 어둑한 밤거리 건널목에 서서 맞은편에 불 꺼진 뷰티 앤 헤어 아카데미 건물 앞에 한참 서 있다가 집으로 돌아왔다.

집으로 돌아온 후 나는 줄곧 정신을 다른 데에 두기라도 한 것처럼 말없이 며칠을 보냈다. 고려대 입학금 등록 마감일은 어느덧 코앞으로 다가와 있었다. 당장 내일까지 입학금을 내지 못하면 2013년 고려대 입학생이 되지 못할 터였다. 현금 카드를 손에 쥔 날 모든 걸 마음먹었다고 생각했는데 그게 아니었다. 나는 막상 카드를 꺼내지 못하고 있었다. 집에서 유미와 같이 생활하고 있었기 때문이다. 머릿속으로 자꾸만 그 현금카드를 써야 한다고 말하고 있었지만 유미가 눈에 보이는 상황에서는 쉽지가 않았다. 자꾸 마음이 떨리고 있었다. 하지만 운명은 쉬지 않고 자꾸만 나를 부추겼다.

마감일이 가까워지자 이런 생각이 들었다. 내가 죄짓기 전에, 훔치기 전에 유미가 먼저 사라져주면 어떨까 하는 생각 말이다. 그러면 마음이 무척 편해질 것 같았다. 그리고 마침내 그렇게 되었을 때 나는 아주 자연스럽게 그 기회의 손을 잡았다. 정말이지 잡을 수밖에 없었다.

내가 현금카드를 쥔 채 망설이기 시작한 지 이틀째가 되던 날에 유미가 잔뜩 곤란한 얼굴을 하고서 내게 물었다.

"언니, 나 어떡하면 좋지?"

그 말을 들었을 때 나는 속으로 유미가 아카데미에 관해 얘기하려는 건가 하는 생각을 했다. 그래서 순간, 심장이 뛰었다. 그런데 유미는 뜻밖의 얘기를 꺼냈다.

"언니, 있잖아…. 경수 오빠가 호프집으로 오라는데…. 도저히 거절을 못 하겠어."

말을 마친 유미가 보여준 건 페이스북 화면이었다. 유미가 가리킨 화면에는 '김경수'가 달아놓은 메시지가 있었다.

「이유미, 이따 퍼펙트 호프에서 보자. 저녁 7시. 내 생파. 선물은 없어도 됨.」

사진을 보니 누구인지 단번에 알아볼 수 있었다. 그날 시내 거리에서 초식동물 같은 유미를 마치 먹잇감 보듯 들여다보던 양아치 남자애. 그 남자애 이름이 바로 김경수고, 퍼펙트 호프집이라면 사모의 친구인 그 욕심 많던 여자가 불법 개조를 해서 만든 곳이었다. 그 호프집이 오픈했다는 생각이 들던 차에 유미의 목소리가 들렸다.

"오늘 오픈한 데라고 오라는데…."

유미가 말을 마치기도 전에 내가 물었다.

"그런데? 그런데 뭐가 문제야?"

그러자 유미가 고민에 빠진 얼굴을 하고서 말했다.

"사실… 호프집에 갈 돈이 없어. 거기다 오늘이 경수 오빠 생일인데, 생일 선물 살 돈도 없고…. 그동안 오빠들, 언니들이 나 많이 도와줬거든. 오빠들, 언니들이 직업 전문학교 다니면서 배운 거 나 많이 알려줬는데, 난 제대로 돌려준 것도 없고 항상 얻어먹기만 하고…. 내가 돈이 없다고 말해도 오빠들, 언니들은 돈 내라고 안 하겠지만, 그래도 염치없는 건 싫어서 말이야. 돈 없어서 못 가겠는데, 돈 없다고 말하면 그래도 오라고 말할 테고…. 거기다 경수 오빠 생일인데 그냥 안 가겠다고 말하면 오해받을 것 같아서 말이야. 언니도 알잖아. 나 오해받는 거 무서운 거. 그래서 어떤 말을 해야 잘 거절할 수 있을지…. 언니는 똑똑하니까 나보다 더 잘 알 것 같아서…. 뭐라고 답변하면서 거절해야 할까? 정말이지 잘 말하고 싶어. 오해하지 않도록."

나는 유미의 소심한 얼굴을 보며 속으로 생각했다.

'정확히는 미움받는 게 무서워서겠지.'

그 순간 내 머릿속에 떠오른 생각이 있었다. 내가 여태껏 현금카드를 쓸 용기가 나지 않았던 건 유미가 한순간도 집 밖을, 내 곁을 떠나지 않아서였다. 그런데 유미가 내 곁에서 떠나준다면… 그때는 용기가 생기지 않을까? 그 생각이 들자 나도 모르게 유미에게 몹시 친절해졌다.

"잠깐 기다려봐."

나는 책장 안에 숨겨둔 과외비 봉투에서 만 원짜리 다섯 장을 꺼내 유미에게 내밀었다.

"이거 써."

애써 선심 쓰는 표정을 했지만 내 심장은 무척이나 뛰고 있었다. 유미는 곤란해하는 얼굴로 말했다.

"아냐, 언니. 내 말은, 언니에게 돈을 달라는 말이 아니었어."

나는 재빨리 유미의 손에 돈을 쥐여주며 말했다.

"내가 여태 너한테 언니로서 해준 게 없잖아. 너 왕따 당할 때도 계속 모른 척했고…."

내 말에 유미의 눈이 흔들렸다. 감동한 눈치였다. 나는 그 순간을 놓치지 않고 말했다.

"…미안했어."

진심이 아니었다. 그런데도 유미는 감동한 듯한 얼굴로 말했다.

"아니야, 언니. 언니가 날 괴롭힌 것도 아니고… 다 내가 부족해서 그런걸."

나는 두 눈이 그렁한 유미에게 돈을 쥐여주며 말했다.

"그러니 받아. 이 돈 가지고 가서 신나게 놀아. 가서 친한 오빠 생일 축하도 해주고, 너 좋아하는 언니들, 오빠들이랑 신나고 재밌게 놀아."

"고마워, 언니. 내가 나중에 꼭 갚을게."

유미의 그 말에 나는 단호하게 말했다.

"아니, 그럴 필요는 없어."

대문을 열고 나가는 유미의 신이 난 뒷모습을 보며 안도감을 느꼈다. 그렇다고 해서 그날 유미가 죽을 거란 기대로 안도했던 것은 아니었다. 유미가 죽기까지 바랐던 건 아니었다. 다만 유미가 그런 위험한 곳에 가더라도 상관없을 만큼 내 인생이 중요했던 것뿐이다. 그리고 유미는 내게 중요하지 않은 사람이었던 것뿐이었다. 그래서 나는 유미가 그곳에 가면 죽으리란 걸 미리 알게 된다고 하더라도 똑같은 선택을 할 것이다. 그건 어쩔 수 없는 일이다. 사람은 누구나 나와 같은 경험이 있지 않을까? 나만큼 그 기억을 또렷이 하고 있지 않아서 그렇지, 누구에게나 본능적으로 싫어하는 사람은 있기 마련이고, 기회만 있다면 그 사람이 어떻게 되든 상관없이 나를 위한 선택을 하게 되는 게 인생이니까. 그때 난 유미를 나에게서 떼어내고 싶었고, 나의 세상에서 유미가 사라지길 바랐으니까. 그리고 유미의 죽음으로 내가 덕을 본 것도 사실이었으니까. 그 결과 나는 비로소 엿 같은 현실의 족쇄에서 풀리게 되었고, 나에게 어울리는 삶을 살게 되었으니 나에게는 행운이었다. 지금도 그 일이 행운이었다는 생각은 변함이 없다. 다른 사람은 결코 몰라야 하는, 오직 나만 알아야 하는 행복이었던 거다. 이런 행복에 문제가 생기는 일이 있다면 오직 그걸 누군가 알게 되었을 때뿐이다.

그날 유미가 간 퍼펙트 호프집에서 화재가 난 걸 알게 된 건, 유미를 호프집으로 보내고 두 시간이 지나서였다. 나는 그때까지도 서원시에 있었다. 유미를 퍼펙트 호프로 보낸 뒤에 나는 서둘러 짐을 챙겼다. 은행 마감 시각 전까지 입학금을 납부하고는 이 지긋지긋한 서원시를 떠날 생각이었다. 짐을 챙기려고 보니, 막상 가져갈 건 많지 않았다. 어차피 서울로 올라가고 나면 비싸고 좋은 옷들을 살 거니까, 옷장에 있는 별 볼 일 없는 옷들을 가져갈 필요가 없었다. 허접한 집 안에서 내가 가져갈 만한 것은 없었다. 엄마의 물건들도 가져가지 않기로 했다.

나는 모자를 깊게 눌러쓰고 한 치의 망설임 없이 그 집을 나왔다. 그리고 뒤도 돌아보지 않고 은행으로 향했다. 나는 일부러 집에서 먼 은행으로 갔다. 그래야 마음이 더 편할 것 같았기 때문이다. 집에서 한참 떨어진 은행 안으로 들어가 ATM기 앞에 서서 유미의 현금카드를 넣었다. 아저씨는 비밀번호가 유미의 생일이라고 했고, 나는 그대로 눌렀다. 잔액 조회를 해보니, 아저씨 말대로 현금카드 안에는 500만 원이 들어 있었다. 나는 그것을 모두 뺀 뒤 가져온 가방 안에 모두 넣었다. 서울에 가면 내 계좌에 모두 입금할 생각이었다. 과외로 벌고 남은 돈이 150만 원 남짓이었고, 현금카드에서 뺀 돈을 합치면 한 학기 등록금과 생활비로는 쓸 수 있었다. 성적이 나쁘지 않아 기숙사 생활을 하며 수업 열심히 듣고, 과외 아르바이트를 하면서 살면 상황은 계속 나아질 것이었다. 이 모든 게 운명이라는 생각을 하자 마음이 편해졌다.

'그래, 결국 모든 건 이렇게 될 일이었어. 내가 잘 될 운명이었던 거야. 그렇지 않고서야 여기까지 온 걸 어떻게 설명할 수 있겠어? 모든 게 다 날 위해 여기까지 흘러온 거야. 난 그저 잘 될 운명이었던 거라고.'

이렇게 생각하자 모든 수수께끼가 풀리는 것 같았고, 모든 퍼즐 조각이 맞춰지는 것 같았다. 나는 확신에 차서 은행 문을 열고 나왔다. 그때, 어디선가 소방차 사이렌 소리가 들렸다. 요란한 사이렌 소리를 울려대며 지나는 소방차는 한 대가 아니었다. 사람들이 수군대는 말이 시내에서 큰 화재가 났다고 했다. 그것도 이번에 새로 생긴 호프집에. 떠오르는 것이 있었다. 몹시도 심술궂은 얼굴을 하고서 소파에 앉아 과일을 먹으며 사모와 얘기를 하던 나이 든 여자, 퍼펙트 호프 가게 사장의 얼굴….

"소방 시설? 그딴 걸 왜 해놔? 그런 건 나중에 차차 해다 놓는 거야. 당장은 들인 돈 뽑는 게 급하지, 하나하나 맞춰주면 괜히 담당 공무원이 '이거는요?', '저거는요?' 한다니까. 그럴 바에 다 안 하는 걸로 말을 맞춰놔야 간섭할 엄두도 안 내는 거지. 첫 단계에서 돈봉투를 내밀어야 일이 일사천리로 진행되는 거라니까."

그 순간 나는 시내로 향할 수도 있었다. 어쩌면, 아주 어쩌면 말이다. 그때 유미는 살아 있었을지도 모르고, 시내로 가서 유미를 걱정하며 유미의 구출에 도움될 만한 것들을 소방관 아저씨들에게 말하고 들으며 유미의 생사에 관해 마음을 쓰며 시간을 보낼 수도 있었다. 하지만 그 시점에서 내 인생에 '어쩌면'이란 건 없었다. 나는 서둘러야 했고, 운명에 따라야 했으니까.

그 길로 나는 시외버스 터미널로 가서 서울행 버스에 올랐다. 버스가 출발하기 직전, 문자 한 통을 받았다. 유미에게서 온 문자였다. 나는 그 문자를 읽지도 않고 삭제해 버렸다. 운명을 따르려면 희생이 따르는 법이라고 누군가 내게 말해주는 것 같았다.

서울 터미널에 도착했을 때 화재는 이미 진압된 후였다. 그 소식을 알게 된 건 터미널 라운지에 있는 TV를 통해서였다. 자막으로 길게 이어지는 사망자 명단에 유미의 이름이 있었다.

「서원시 화재 사고 19명 사망, 21명 중퇴, 사상자 대부분이 미성년자⋯
⋯△이유미(18세)⋯」

모든 것이 내 바람대로 이루어졌다.
나는 알고 있었다. 유미가 그 날라리 양아치 같은 애들과 어울리는 게 위험하다는 것을. 유미 같은 초식동물이 하이에나 같은 무리와 어울리다가는 언젠가 물어뜯길 일밖에 없다는 것을 말이다. 그런데도 나는 모른 척했다.

그리고 나는 알고 있었다. 아저씨가 나에게 부탁한 대로 현금카드에 들어 있는 500만 원으로 유미에게 아카데미를 끊어주었더라면, 유미가 그런 위험한 양아치들과 어울릴 일이 없었다는 걸, 그랬더라면 유미가 호프집에 오라는 연락을 받을 필요도 없었다는 것을 말이다. 그렇게 되면 유미의 인생은 안전해졌을 테고, 또한 바뀌었으리라는 것을 나는 누구보다 잘 알았다. 하지만 나는 그렇게 하지 않았다. 어디까지나 바꾸고 싶은 것은 내 인생이지 유미의 인생이 아니었으니까. 그 시절 유미의 죽음은 내게 하나의 기회였고, 나는 그 기회를 타고 여기까지 올라왔다.

그런데 아무도 몰라야 하는 내 행복을 아는 누군가가 날 스토킹하고 있었다. 음흉하고도 음울하게 나를 지켜보고 자극하고 있었다. 오랜 시간 생각해봐도 이런 짓을 벌일 수 있는 사람은 단 한 사람밖에 없었다. 유미의 죽음에 연연해하고 날 의심할 단 한 사람… 그건 유미의 아버지였다. 그렇지 않고서야 이렇게까지 할 리가 없지 않은가. 그래서 나는 유미의 아버지가 있는 서원시의 요양원으로 향했다.

서울로 올라온 뒤로 아저씨의 소식을 완전히 모른 채 살았던 것은 아니었다. 모른 채 살고 싶어도 그럴 수 없었다. 유미가 죽은 걸 다행이라 여겼던 건, 내가 유미에게 써야 할 돈을 쓰지 않은 걸 들키지 않을 수 있으리란 생각에서였다. 그런데 내가 생각하지 못한 게 있었다. 그건 유미가 살아 있건 아니건, 내가 아카데미에 등록하지 않은 건 변하지 않는 사실이라는 것이었다. 퇴원한 아저씨가 이 사실을 알게 되면 나를 경찰에 신고하고 어떻게든 찾으려 들 거라는 불안감이 들었었다. 그러나 다행히도 그런 일은 일어나지 않았다. 내가 불안한 마음으로 대학 생활을 한 지 일주일쯤 지났을 때 서원시 주민 센터에서 전화가 걸려왔다.

"박현주 씨 되시죠? 같이 거주하던 이경섭 씨 상황이 지금 너무 안 좋아서요. 최근 거주지를 옮기셨기에… 그분이 화재 사고로 딸을 잃고 난 후에 온전치 못한 건 아세요? 말씀도 못 하시고… 어디 시설에라도 보내야 할 것 같은데, 거기까지 우리 소관은 아니라서…. 일단 같이 살았던 사람 중에 연락 가능한 사람이 박현주 씨가 유일해서 연락하게 됐어요."

아저씨는 유미의 죽음이 가져다준 충격으로 인해 실어증이 걸린 데다 정신을 놓게 되었다고 했다. 그 바람에 나는 아저씨를 완전히 모른 척할 수 없었다.

나는 아저씨의 시설 입소에 동의하는 사인을 해주고 최소 보증금을 내주었다. 그리고 그 후로 딱 한 번 아저씨를 보러 간 적이 있었다. 내가 직장을 갖고 어느 정도 연봉을 벌게 되었을 때 아저씨를 좀 더 좋은 시설의 요양원으로 옮겨주었다. 그래 봐야 똑같이 서원시에 있는, 별로 비싸지 않은 요양원이었지만.

그때의 아저씨 얼굴을 나는 또렷이 기억했다. 초점이 없는 멍한 눈으로 눈만 깜빡이고 있던 아저씨의 얼굴…. 원래도 멍청해 보였지만 더 멍청해 보이던 그 모습…. 그런 얼굴의 아저씨는 나에게 5년 전에 맡겨둔 현금카드의 행방을 물을 수 없었다. 나는 안심하면서도 한편으로는 안됐다는 생각도 했다.

'아저씨도 이런 인생만 살고 싶지는 않았을 텐데, 아저씨는 지독히도 운이 나쁜 사람이네요. 그런데 아저씨, 그 일은 우연이었어요. 그저 우연. 나의 바람이 섞인 우연. 나의 바람이 섞이는 바람에 나는 그 우연을 모르는 척할 수밖에 없었던 거예요. 그러니까 용서해주세요. 대신 빚은 갚고 갈게요.'

그런데 내가 5년 만에 요양원을 다시 찾았을 때 아저씨는 요양원에 없었다.

V

스토커가 낸 수수께끼

"이경섭 환자, 여기에 없는데요?"

처음 이 말을 들었을 때 나는 무척이나 당혹스러웠다. 이름을 잘못 이야기했나 싶어 다시 물었지만 간호사는 똑같은 대답을 했다.

"그런 이름을 가진 환자는 현재 우리 병원에 없다고 나오는데요?"

그 순간, 내가 속은 건가 하는 생각이 들었다. 10년 전에 내가 여기에서 보았던, 마치 껍데기만 남은 것처럼 넋이 나간 채 앉아 있던 그 모습은 뭐였단 말인가? 그새 병이 호전

되어 퇴원하기라도 했단 말인가? 하지만 내가 기억하는 아저씨의 상태로는 결코 혼자 퇴원할 수가 없었다. 그러면 처음부터 연기였던 건가? 유미의 죽음으로 충격을 받아 정신을 놓고 실어증에 걸린 게 모두 연기였나? 나는 그 연기에 놀아난 것이었나? 여태 날 속이고 농락하고 있다가 내가 가장 행복한 순간에 날 파멸시키려고 준비한 거였구나 하는 생각에 머릿속이 복잡해져 왔다. 마치 바이러스가 내내 잠복해 있다가 갑자기 공격하는 것처럼 아저씨가 내 삶을 공격해왔다는 충격에 손이 떨렸다.

그러나 요양원 간호조무사의 이어진 말은 끝도 없이 이어지던 생각을 멈추게 했다.

"이경섭 환자분, 재작년에 돌아가신 걸로 나와요. 연락된 보호자 분은 없는 걸로 나오네요."

그 말에 나는 적잖은 당혹감을 느꼈다. 전혀 생각하지 못했다. 그사이, 아저씨가 죽었으리라는 것은.

아저씨가 죽었다니 기분이 이상했다. 바보 같고 머저리같이 착하기만 하고 자존심 없이 그저 기운 없는 미소만 짓던 아저씨. 그 아저씨는 생전 나쁜 짓이라고는 머릿속으로도 해본 적 없을 것 같은 사람이었다. 벌레 한 번 잡아본 적 없을 것 같은 사람. 그래서 나의 눈에는 더욱 벌레로 보였던 사람. 바보같이 당하기만 하던 아저씨가 진짜 바보가 되더니 바보같이 죽었다.

그사이 내 연락처가 바뀌는 바람에 아저씨가 죽고 나서도 연락을 받지 못한 것이었다. 기분이 좋지 않았다. 평생 그렇게 살다 죽은 아저씨가 가엾기도 하고 그런 아저씨를 스토커로 의심한 내가 나쁜 사람이 된 것 같아 마음이 좋지 않았다.

하지만 그런 생각도 오래가지는 않았다. 석현 씨에게서 전화가 걸려 왔기 때문이다. 줄곧 석현 씨로부터 연락을 기다렸던지라 나는 서둘러 전화를 받았다. 석현 씨가 내게 다시 전화를 주었다는 건 나에 대한 화가 풀려서일 거라는 기대를 하고 전화를 받았다.

하지만 막상 전화를 받아보니, 석현 씨의 목소리는 내 기대와 달랐다. 석현 씨의 목소리는 몹시 날이 서 있었다.

— 지금 어디야?

"…석현 씨, 아, 그게…."

석현 씨에게 내가 어디에 있는지 말할 수는 없었다. 어떻게 말할 수 있겠는가. 내가 도망치다시피 한 곳에 와서, 내가 모른 척한 사람의 죽음을 확인하고 있었다는 사실을. 내가 머뭇거리자 석현 씨는 차가운 목소리로 다그쳤다.

— 왜 말을 못 해? 이번에도 뭔가 숨기는 게 있기라도 한 거야?

석현 씨의 추궁에 나는 애써 침착하게 말했다.

"숨기다니…. 그런 거 아니야, 석현 씨."

— 그러면 여기로 지금 당장 와줄 수 있겠어?

"거기가 어디인데?"

— 여기가 어디냐면… 내 오피스텔. 지금 집이야?

"…응."

거짓말을 하고 말았다.

— 그러면 4시까지 내 오피스텔로 와.

나는 다급히 말했다.

"석현 씨, 그건…."

— 왜? 어째서?

"4시까지는 조금 힘들 것 같아."

— 왜? 어째서지?

석현 씨의 말투는 예전과 무척이나 달라져 있었다. 요즘 들어 나에 대해 몹시 실망한 게 분명했다. 석현 씨가 차가운 말투로 말했다.

— 지금 집이면 넉넉잡아도 4시까지는 올 수 있잖아?

나는 꽤 당황했다. 여기서부터 석현 씨의 오피스텔까지는 족히 3시간은 걸렸다. 그러면 아무리 빨라도 오후 6시는 되어야 석현 씨의 오피스텔에 도착할 터였다.

내게서 아무런 대답이 없자 석현 씨는 한숨을 쉬며 말했다.

― 역시, 이번에도 나한테 숨기는 게 있구나. 너, 지금 대체 어디에 있니? 다른 남자 만나고 있어?

"아니야, 석현 씨. 그런 거 절대로 아니야."

― 그러면 지금 어디인지 왜 말 못 하는 건데? 자꾸 나한테 숨기기만 하면서 나랑 결혼할 수 있다고 생각해?

"석현 씨…!"

내가 무어라 변명하기도 전에 석현 씨는 전화를 끊어버렸다. 일이 자꾸만 꼬여가고 있었다.

석현 씨에게 다시 전화하려고 보니 문자가 여러 통 와있었다. 모두 영양가 없는 문자들뿐이었다. 하지만 종욱 선배에게서 온 문자가 나의 눈길을 사로잡았다.

「현주야, 지금 전화 줄 수 있어? 급한 일이야. 너를 스토킹하는 놈을 잡았어.」

나는 놀라서 당장 전화를 걸었다. 종욱 선배가 전화를 받자마자 나는 다급히 물었다.

"오빠, 그게 정말이야?"

그런데 종욱 선배는 내가 묻는 말에는 대답하지 않고 엉뚱한 말을 했다.

— 현주야, 무슨 일 있었던 건 아니지? 전화도 안 받고 문자에 답도 없기에 걱정했었어….

나는 종욱 선배의 말이 끝나기도 전에 다그치듯 물었다.

"스토커 잡았다는 게 사실이냐고!"

— 응…. 지금 내 차 옆자리에 앉아 있어. 내가 못 도망가게 막아뒀거든. 네 오피스텔 주차장에 있으니까 도착하면 연락 줘.

"알았어, 고마워."

나는 서둘러 전화를 끊은 뒤 서울로 차를 출발시켰다. 그리고 오피스텔 주차장에 도착하자마자 종욱 선배에게 전화를 걸었다.

"선배, 나 지금 주차장에 와 있어."

— 조금 늦게 왔네.

"아, 나… 서원시에 갔다 오느라. 내가 말 안 했나? 정신없어서 말 못 했나 보네."

그러는 사이, 종욱 선배의 차가 눈에 보였다. 나는 그리로 다가가며 말했다.

"오빠, 나 지금 그리로 가고 있어."

"그래? 그럼 나도 차에서 내릴게."

가까이 다가가자 종욱 선배가 운전석에서 내리는 게 보였다. 하지만 나는 종욱 선배에게는 시선을 거둔 채 조수석 쪽으로 다가갔다. 스토커의 정체가 너무 궁금했다. 숨을 죽인 채 다가가자 조수석 쪽에 앉아 있는, 잔뜩 어두운 낯빛의 남자가 보였다. 이윽고 남자가 고개를 들어 나를 노려보았다. 나를 죽일 듯한 눈빛이었다. 그 눈빛에 나는 적잖이 당황했다. 처음에는 이 살기 어린 표정의 남자가 나를 죽일 듯이 보고 있는 것에 당황했고, 그다음에는 남자가 누구인지 생각이 나서 당황했다.

"너…."

그랬다. 남자는 내가 아는 남자는 아니었지만 본 적은 있는 남자였다. 그것도 몇 번이나 본 적 있는, 바로 그 매우 불량하고 위험한 남자. 정상적인 사람이라면 절대 가까이하지 않을 그런 부류의 인간. 시내에서 쭈뼛거리는 유미를 탐내기라도 하듯 오토바이에 몸을 늘인 채 유미를 능글맞게 올려다보던 얼굴, 그리고 자신의 생일이니 미성년자인 유미에게 호프집으로 오라는 메시지를 남겼던 그 얼굴…. 시간이 지났어도 남자의 얼굴은 기억이 났다. 그럴 수밖에 없었다.

남자는 검은색으로 바뀐 머리색과 나이 들어 늘어진 피부를 제외하면 바뀐 게 없었다. 두드러지게 달라진 게 하나 있기는 했다. 금방이라도 사람을 죽일 듯한 살기 어린 눈빛. 이 눈빛은 오직 나를 볼 때만 이러리란 걸 나는 본능적으로 느낄 수 있었다.

소름 끼치는 기분이 들어 나는 종욱 선배에게 말했다.

"당장 경찰서로 가자."

그러자 종욱 선배가 고개를 내저으며 말했다.

"이미 가봤지만 소용없었어."

"어째서?"

"네가 서울로 올라오는 동안 시간이 오래 걸리기에 그사이 파출소에 다녀왔어. 신원 조회도 해봤지만… 처벌하기 까다로울 것 같다 그러더라, 경찰이."

"그게 무슨 말이야?"

"이 사람… 정신질환자야."

종욱 선배에게서 이어진 얘기는 당혹스럽기 그지없었다.

유미가 11년 전에 가까이 지낸 김경수라는 이 남자는 조현병을 앓고 있다고 했다. 그것도 꽤 오랜 시간 동안. 원래 할머니와 여동생, 셋이서 살고 있었는데, 여동생 희주가 유미가 죽었던 그 호프집 화재 사고로 죽고 나자 할머니와 단둘이 살게 되었다고 했다. 그 무렵부터 김경수에게 정신착란이 시작되었고 병증이 심해져서 정신병원에 강제 입원당하게 됐다. 그 후로 김경수는 폐쇄 병동과 개방 병동을 오가며 지내다 몇 차례 사고를 친 적이 있었고, 몇 년을 잠잠하게 지내다 지난달 병원을 몰래 빠져나온 상태였다는 것이다. 그리고 지난 며칠간 나를 향한 악의적인 일들을 저지른 것이었다.

나는 혼란스러운 얼굴로 종욱 선배에게 물었다.

"병원에는 연락했어?"

"어, 신원 조회하고 나서 바로…. 병원에서 사람들이 오기로 했어. 그 전에 너한테 보여줘야 할 것 같아서 부른 거야. 이 사람이랑 무슨 일이 있었나 싶어서."

나는 고개를 내저으며 말했다.

"아니, 나는 아무 일도 없었어."

거짓말이 아니었다. 김경수와 나는 직접적인 원한 관계가 없었으니까.

동생을 잃은 남자가 어째서 나에게 자기 동생을 죽였다고 하는 걸까? 정신착란이라 자기 동생과 유미를 구별하지 못하기라도 한단 건가?

당혹감에 멍하니 서 있는 사이, 앰뷸런스가 도착했다. 김경수는 저항은 포기한 듯 순순히 보호사들에 붙들려 병원차에 탑승했다. 이대로 끝이 나는가 싶은 순간, 갑자기 김경수가 고개를 들어 나를 향해 뇌까렸다.

"네가! 내 동생을 죽였어!"

김경수는 한 치의 흔들림 없이 나를 노려보고 있었다. 그 이죽거리는 입매가 무어라 더 말하려는 찰나, 차 문이 닫히며 병원 앰뷸런스는 그대로 떠나버렸다.

나는 이해가 되지 않았다. 김경수는 왜 나더러 자기 동생 김희주를 죽였다고 하는 걸까? 나는 김경수에게서 미처 듣지 못한 다음 말이 궁금해 참을 수가 없었다.

"네가! 내 동생을 죽였어."

김경수의 말이 무엇이 의미하는 걸까? 죽은 건 유미인데, 유미는 절대 김경수의 동생이 아니다. 동생만큼 가까웠던 사이라는 걸 말하는 건 더욱 아닌 것 같았다. 그리고 같은 날 같은 사고로 김경수의 동생이 죽었다는 건 무엇일까? 사망자 명단에서 김경수의 동생 '김희주'라는 이름은 찾을 수 없었다. 종욱 오빠의 말에 따르면 김경수의 가족 관계상 동생 김희주는 분명 그즈음에 사망했었고, 그즈음부터 김경수는 매우 심각한 정신병을 앓기 시작했다. 김경수가 처음 정신병원에 입원했을 당시에 김경수는 자신의 동생이 퍼펙트 호프 화재 사고로 죽었다고 했다. 김경수는 무얼 잘못 알고 있는 걸까? 아니면 무얼 잘못 얘기하고 있는 걸까?

그날 이후, 아무렇지 않은 척 낮에는 회사 생활을 하고 저녁에는 석현 씨와 빠짐없이 시간을 보내느라 기운이 빠졌다. 석현 씨는 나에게 화가 많이 나 있었고, 그런 석현 씨의 화를 풀어주느라 꽤 힘들었다. 그사이 석현 씨에게 말 못 할 것들이 많이 생겨서 석현 씨가 변하게 된 것이니 석현 씨의 변화는 결국 나의 책임이었다. 종욱 선배 일이나 스토커 일로 나도 모르게 켕기는 기분이 들어 석현 씨에게 말하지 못하는 것들이 늘었고, 그런 모습들이 약혼자인 석현 씨한테는 나를 향한 불신의 계기가 되었을 테니까.

석현 씨는 전에 하지 않던 행동들을 했다. 전에는 그런 일이 없었는데, 갑자기 밤에 나를 불러서는 술에 취한 채 나에게 주정을 했다. 술에 취한 석현 씨는 부축하려는 나를 밀치기도 했다. 전에는 한 번도 없던 일이었다. 내가 놀라 당황하자 석현 씨는 옷을 털며 말했다.

"미안해."

나는 아무렇지 않은 척하고 말했다.

"아냐, 괜찮아. 피곤하면 그럴 수 있지."

나에게 실망한 걸 애써 참느라 그런 건가 싶어 마음을 달랬다. 너무 속이 상할 때는 석현 씨에게 나에게 일어난 일들을 얘기하고 싶은 충동을 느꼈다. 갑작스레 나타난 스토커가 있고, 그 스토커가 정신질환자이며, 나를 살인자로 몬다는…. 하지만 그 얘기를 했다가 내 치부가 드러날 걱정에 나는 입을 다물었다. 그저 견디는 수밖에 없었다. 조금만 참으면, 결혼하고 나면 다 좋아질 게 분명하니까. 지금 이 힘든 시간을 참고 견디면 우리 사이가 다시 전처럼 좋아질 거라는 기대가 나에게는 있었다. 비 온 뒤에 땅이 굳는 것처럼 우리 사이가 더 단단해지기를 바라면서, 석현 씨가 나에게 짜증을 내도 이 어두운 터널만 지나면 된다는 생각으로 버텼다. 스토커 일만 마무리되면 내 마음도 평정을 찾을 테고, 그러면 석현 씨에게 불필요한 의심을 사는 일도 없을 테니까.

내 마음의 평정을 찾기 위해서는 미처 다 풀지 못한 수수께끼를 풀어야 했다. 그러기 위해 나는 김경수가 입원해 있는 병원으로 향했다.

김경수가 입원해 있는 병원으로 가는 동안 계속 생각했다.

김경수가 한 말이 무슨 의미인지를. 김경수는 심각한 정신 질환을 앓고 있다. 심각한 정신증은 그로 하여금 비슷한 시기에 있었던 동생의 죽음을 유미의 죽음으로 착각하게 만들었을 수 있다. 아니면 조현병이 심해지면서 자신이 어떻게 해보려던 유미를 동생이라 착각했을 수 있다. 그러나 나는 분명히 들어야 했다. 김경수가 무어라 믿고 있는지를 김경수의 입을 통해서 확인해야 했다.

어느덧 차는 김경수가 입원한 정신병원 앞에 도착했다. 병원은 억새밭에 둘러싸여 어딘지 을씨년스러워 보였다. 나는 원무과를 찾아 미리 말해둔 간호사와 얘기를 나눈 뒤에 접견실로 들어갔다. 격리를 위해 커다란 통유리로 가로막힌 맞은편에는 김경수가 이미 와 앉아 있었다. 간호사는 내게 몇 가지 주의사항을 준 후에 방을 나갔다. 간호사가 문을 닫고 나간 뒤 나는 선 채로 김경수를 보았다. 김경수는 마치 기다렸다는 듯이 나를 노려보고 있었다. 증오에 찬 눈빛으로 날 노려보는 김경수를 보면서 자리에 앉는 게 버거웠다. 그럼에도 나는 어쩔 수 없이 자리에 앉았다. 마주 보는 김경수의 눈빛에서 나오는 살기 어린 시선은 나를 혼란스럽게 만들었다.

김경수의 입원 전후 내력을 자세히 알면 좋으련만 병원에서는 환자에 관한 정보와 차트는 보여줄 수 없다고 했다. 나로서는 아쉬웠다. 김경수와의 면회 시간도 내가 스토킹 피해자라는 점을 들어 겨우 얻어낸 것이었다. 결국 나 스스로 김경수의 입에서 수수께끼의 해답을 찾아야 했다.

나는 조심스럽게 입을 열었다.

"내가… 네 동생을 죽게 했다고 했지?"

"…."

김경수에게선 대답이 없었다. 김경수의 눈동자는 초점이 잡히지 않았다. 그 괴이한 눈을 보고 있노라니, 김경수가 나를 보는 게 아니란 느낌이 들었다. 저 눈에 초점이 맞는 상대가 따로 있는 것처럼 느껴졌다. 저 눈동자가 향한 곳은 다른 곳인데, 정신 질환 때문에 엉뚱한 나에게 화풀이하고 있는 것은 아닐까? 그런 생각이 든 나는 김경수에게 다시 질문하려 했다. 그런데 그 전에 김경수가 먼저 말했다.

"미필적 고의에 의한 살인."

김경수는 너무나 또박또박한 발음으로 이렇게 내뱉었다. 내가 오래전에 보았고, 또 얼마 전에 김경수가 보내준 메일로 다시 보게 된 바로 그 답변 글에 적혀 있는 내용을 내뱉었다. 그 순간, 머릿속에 떠오른 건 그날의 기억이었다.

그날은 지금도 또렷이 기억난다. 그때 나는 엄마의 실종이 사망으로 처리된다는 소식에 적잖이 충격을 받았다. 엄마는 나에게 있어 돌아오지 않는 '실종' 상태였다. 그런데 법에서는 실종된 지 5년이 지나면 '사망'으로 간주되고, 그에 따라 엄마는 죽은 사람이 된다는 거였다. 엄마가 죽은 사람으로 처리된다는 게 그때의 나에겐 받아들이기 힘든 일이었다. 그날 나는 마음이 무척이나 무너져 내렸다. 그래서 그날은… 나답지 않은 생각을 했다. 엄마가 지난 5년 동안 돌아오지 않은 게 어쩌면 내가 과거에 유미에게 저지른 일 때문은 아닐까 하는 불안에 휩싸였던 것이다. 그날 하루만은 나답지 않게 의미 없는 상상에 시달렸다.

그때 나에겐 "아니"라는 말이 절실히 필요했다. 그 말을 내가 아닌 타인에게 들어야만 마음이 편안해질 수 있을 것 같았다. 그래서 그 질문을 인터넷 사이트에 던졌다.

「친구가 불행한 사고로 동생을 잃었는데, 너무 힘들어하는 것 같아 걱정입니다. 친구는 대학 졸업반이고, 사회 진출을 앞두고 있습니다. 그런데 한 번씩 우울해하는 것 같아 마음이 쓰입니다.

친구 동생이 5년 전에 사고로 죽었는데 그때 친구가 동생에게 시간을 보내라며 용돈을 주어 보냈대요. 그런데 하필 운이 나쁘게도 그곳에서 사고가 일어나는 바람에 친구 동생이 죽은 거예요. 친구는 단순히 공부하는 데 방해되어서 동생이 귀찮았던 것뿐이었대요. 그래서 용돈을 주어서 그리로 보낸 것뿐이었는데…. 친구는 자기가 보낸 곳으로 간 동생이 죽은 일로 몇 년이 지난 지금까지도 가슴 아파하고 있어요. 제가 봤을 때는 그럴 필요까지 없어 보이는데….

위험한 곳이라 해도 동생이 가고 싶대서 보낸 거고, 정말 거기서 사람 죽는 사고가 일어날지 누가 알겠어요. 친구가 일부러 사고를 낸 것도 아닌데 친구가 지나치게 괴로워하는 게 아닐까 해서요. 일이 그렇게 되자면 어떻게든 일어나는 것뿐인데 친구가 이 일을 너무 오래 생각하네요. 이 친구가 평소에도 워낙 착한 친구인데, 어떻게 해야 이 친구가 안 힘들게 할 수 있을까요.」

하지만 그 질문 글에 남겨진 답변이 나를 더 불안하게 만들었다.

「친구는 사고가 난 곳에서 사고가 날 거란 걸 알았나요? 만약에 사고가 날 만큼 위험한 장소인 걸 알면서도 보냈다면 그건 **미필적 고의에 의한 살인은 될 수 있지 않을까요?**」

답변을 단 사람은 법 관련 지식을 주로 쓰는 답변자였다. 나는 답변을 확인하고는 더 불쾌한 기분이 들었다. 그래서 그대로 창을 끄고는 이후에 비공개 계정 자체를 탈퇴해버렸다. 그런데 내가 바로 외면하는 바람에 미처 확인하지 못한 답변 글이 하나 더 있었다.

「동생을 죽인 살인자」

그 댓글은 이렇게 말하고 있었던 것이다.
'내 동생을 죽인 살인자'
만약에 이 답변 글을 그때 보았더라면 나는 내 과거를, 치부를 누군가 알고 있다는 걸 미리 알아챘을 것이다. 그랬더라면 지금 이렇게 느닷없는 공격을 당하는 일은 없었을 것이다. 미리 준비를 했을 테니까, 이렇게 대책 없이 당하지는 않았을 거다.

그때 김경수는 이미 나에게 자신의 흔적을 드러냈고, 오랜 시간이 지나 나를 습격했다. 내가 미처 보지 못했던 답변 글을 김경수는 집요하게도 다시 보내와 기어코 나를 두려움에 빠뜨렸다.

나를 대면하자 김경수는 마치 기다리기라도 했다는 듯이 계속해서 과거에 자신이 보냈던 악의적인 메시지를 반복해서 말했다.

"내 동생을 죽인 살인자."

김경수의 눈빛은 날카롭고도 강렬했다. 그 시선이 내 온몸을 꿰뚫는 듯해 숨이 막혔지만 나는 애써 마음을 다잡았다. 내가 흔들린다는 걸 들키고 싶지 않았다. 나는 최대한 침착한 얼굴을 하고서 천천히 입을 열었다.

"오해가 있는 것 같은데… 난 네 동생 김희주를 죽이지 않았어…."

마른침을 삼키고 나서 나는 다시 말했다.

"나는 사람을 죽인 적이 없어."

무거운 침묵이 흘렀다. 견디기 힘든 침묵 사이로 김경수의 날카로운 음성이 새어 나왔다.

"너 때문에 죽게 된 거잖아…."

나는 나도 모르게 고개를 돌려 김경수의 얼굴을 마주 봤다. 이번엔 그의 눈빛이 날 겨냥하고 있었다. 김경수는 망설임 없이 잔인한 말을 사정없이 쏟아냈다.

"너는 그곳에 가면 죽게 되리란 걸 알면서도 그리로 보낸 거잖아. 알고서 일부러…. 네 바람대로 되니 기분이 좋았어?

그런 거야?"

나는… 아무런 대답도 할 수가 없었다. 그저 어찌할 바 모르는 얼굴로 김경수를 보고 있는 수밖에는 없었다. 옴짝달싹하지 못한 채 내가 결코 견디고 싶지 않았던 시간을 마주할 수밖에 없었다. 마치 누군가 그 자리에 강제로 앉혀놓기라도 한 것처럼 나는 자리에서 바로 일어나지를 못했다. 끔찍한 악몽을 두 눈 뜨고 꾸고 있는 기분이었다.

조금씩 정신이 멍해져 갔다. 몸을 자유롭게 움직이지 못해서일까. 정신은 혼란스럽게 움직였다. 이윽고 참지 못한 내가 말했다.

"죽은 건 네 동생 아니잖아…. 돈을 주고 퍼펙트 호프에 가라고 보낸 사람은 내 의붓동생 유미지, 네 동생 희주가 아니야. 유미는 말이야, 네 동생이 아니야…."

하지만 김경수는 내 말을 듣지 않았다. 분명 귀로 내 목소리가 들렸을 텐데, 내 말 따위는 듣지 않기로 작정한 것처럼 녀석은 더욱 분노에 차서 나를 보았다. 녀석의 집요한 눈동자는 마치 잘못 알고 있는 게 자신이 아니라 나인 것처럼 굴었다. 녀석이 통유리를 주먹으로 쾅쾅 내리치며 말했다.

"네가 동생을 죽였어, 일부러…. 가서 죽으라고…, 너 혼자 살겠다고…!"

나는 소스라치게 놀랐다. 더욱 충격적인 것은 그다음이었다. 녀석은 유리막에 이마를 세게 내리치기 시작했다. 이마에 피가 맺힐 무렵엔 녀석의 눈에도 핏줄 같은 게 서리기 시작했다. 녀석이 분노에 찬 얼굴로 내게 말했다.

"너도 알잖아. 네가 그러지만 않았어도… 살았다는 거…. 네가 죽인 거야."

나는 뒷걸음치듯 자리에서 일어나 고개를 저으며 말했다.

"아니야…."

녀석의 얼굴이 어쩐지 나를 비웃고 있는 것 같았다. 나는 소리쳤다.

"아니야! 그런 일은 없었어, 결코."

그러자 녀석이 냉소적인 얼굴을 하고서 내게 물었다.

"넌… 동생이 불에 타 죽는 고통을 생각해본 적 있니?"

그 물음 앞에 도저히 견딜 수 없어진 나는 벽에 있는 비상벨을 눌렀다. 그리고 그 자리에 주저앉았다.

병원 앞으로 나온 나는 병원 입구 계단 앞에 쪼그려 앉은 채로 괴로워했다. 숨을 거칠게 몰아쉰 뒤에야 겨우 진정이 되었다. 숨을 쉬는 것도 어쩐지 버겁게 느껴졌다.

건너편을 바라보자 억새풀 사이에 주차된 내 차가 보였다. 그리로 가려 했지만 다리에 힘이 풀려 그럴 수 없었다. 인생에서 가장 큰 행복을 앞두고 갑자기 억세게 운이 나빠진 것 같았다. 하지만 이걸로 다 된 거라며 나 자신을 달랬다. 결과적으로는 끝이 났으니까 말이다. 내 과거를 아는 스토커로부터 갑작스러운 습격을 받았지만 그 스토커의 정체는 정신이 온전치 못한 피해망상중 환자였고, 나에게 저지른 짓거리 때문에 폐쇄 병동에 영원히 갇히게 되었다. 가해자는 가려졌고, 갇혔다. 이제 나는 다시 행복할 준비를 하면 되었다.

문제는 후유증이었다. 지난 몇 주간 나는… 너무 지쳐 있었다. 특히나 오늘은 몸 안의 모든 기운이 빠져나간 것만 같았다.

간신히 몸을 일으켜 숲처럼 펼쳐진 억새풀 사이를 걸어나가는데, 유난히 흐린 날씨가 마음에 걸렸다. 금방이라도 비가 쏟아질 듯한 하늘 아래 거센 바람이 억새밭을 흔들었다. 흔들리는 억새들 사이로 시선이 머물자 잊고 있던 유미와의 기억이 불쑥 떠올랐다.

∞

　그날은 유미가 자퇴를 앞둔 어느 날이었다. 수업이 끝나고 뒷문으로 하교하는데, 그앞에 유미가 서 있었다. 유미는 책가방 끈을 양손에 쥔 채 나를 어색한 얼굴로 힐끔 보고 있었다. 내가 학교에서 아는 척하지 말라고 한 탓인지, 유미는 나를 보고도 대놓고 아는 척하진 못했지만 누가 봐도 나를 기다린 기색이었다. 유미가 나와 같이 집으로 가려던 건 그날 전으로도, 그날 후로도 없었다. 그날이 유미가 나와 같이 집으로 가기 위해 용기를 냈던 유일한 날이었다. 그랬다. 분명 그게 유미에겐 용기였을 텐데 왜 난 몰랐을까.

　나는 그날도 어김없이 유미를 모른 척 지나쳤고, 유미는 내 눈치를 보며 조금 떨어져서 따라왔다. 그리고 하교하는 무리가 떨어져 나가는 억새밭 길이 나타나자 유미는 비로소 나에게 가까이 따라붙었다. 나는 무어라 하고 싶었지만 뒤를 돌아보니 아무도 없이 유미와 나 단둘뿐이어서 도로 관두었다. 내가 뭐라 하지 않자 유미가 생글생글 웃으면서 말했다.

　"언니, 여기 억새들 좀 봐. 완전 많아."

　나는 유미를 골려줄 생각으로 일부러 다르게 말했다.

"이거, 갈대야."

나는 뻔히 억새라는 걸 알면서도 그렇게 말했다. 유미가 맞게 말해도 유미가 틀렸다고 말하는 게 그 시절 나의 소소한 즐거움이었기 때문이다. 나는 유미가 하는 모든 말에 브레이크를 걸곤 했다. 유미는 맞는 말을 해도 내가 틀렸다고 말하면 어쩔 줄을 모르고 당황했다. 그 모습을 보는 게 내게는 재밌는 오락거리였다. 내가 그런 생각을 하는 걸 꿈에도 알 리 없는 유미가 그날도 역시 순진하게 물어왔다.

"언니, 이거 갈대야? 억새 아니야?"

"그렇다니까. 이건 갈대야. 네가 이번에도 틀렸네. 넌 왜 제대로 아는 게 없냐?"

그러자 유미는 창피해하며 얼굴을 붉혔다. 나는 유미의 그런 얼굴을 보는 걸 즐겼다.

문득 그런 것들이 후회되었다. 그러자 지금 이 순간이 서울행 버스에 올랐던 그날 그 시간으로 되돌아간 것 같았다.

죽었을까? 정말 죽었을까? 그래도 어쩔 수 없잖아. 내가 죽을 수는 없잖아. 이렇게 하지 않으면 나는 이 촌구석에 남아 별 볼 일 없는 평범 이하의 인생을 살아야 하는데 난 그게 싫어. 나는 아무런 잘못도 없고 충분히 잘났는데 도대체 내가 왜 그런 인생을 살아야 하지? 그래, 이미 벌어진 일이잖아. 이미 사고는 났고, 내 운명은 출발했고, 난 여기에서 내릴 수가 없게 되었는걸. 시간을 과거로 돌린대도 마찬가지야. 지금 당장 시간을 돌릴 수 있다고 해도 나는 그렇게 하지 않을 거야. 나는 이렇게 할 수밖에 없어. 어떻게 얻은 기회인데…. 어떻게 얻은 구사일생의 기회인데…. 나는 그럴 자격이 있는걸. 나는 대학 입학시험에 합격했어. 그런데도 다니지 못한다는 건 너무 억울하잖아? 그리고 이 사고는 나와 아무런 상관이 없어. 유미가 운이 더럽게 나빴을 뿐이야. 난 그저 유미가 없을 때 마음 편히 돈을 갖고 떠나려던 것뿐인데.

아, 난 왜 퍼펙트 호프가 허술하게 지어진 시한폭탄이라는 걸 알았던 걸까? 몰랐으면 완벽하지 않았을까? 몰랐으면 이토록 마음이 무겁지는 않았을 텐데…. 그럼 그냥 완벽한 우연이 되어버리는 건데…. 유미야…, 내가 너한테 미안해할게. 그러니 넌 날 이해해줘야 해. 나는 너에게 충분히 미안해할 거니까.

떠오른 기억은 좀처럼 가라앉지 않고 있었다. 그리고 내가 그날 이후로 유미에게 미안해한 적은 단 한 번도 없었다는 사실도 기억났다. 나는 오랜 시간 유미를 생각하지 않고 있었다. 나는 뒤늦게야 밀린 숙제를 하듯이 유미에게 사과의 말을 했다.

'미안해, 유미야. 한 번쯤은 제대로 사과해야 했는데…. 살면서 좋은 일이 있을 때마다 너한테 고마워도 해야 했는데, 그러지 못했어. 그래서… 그래서 이런 일이 나에게 일어난 거겠지? 내가 벌을 받은 거겠지?'

나는 울먹였다. 서러움에 눈물이 나려고 했다.

'내가 어쩌다가… 어쩌다가… 그렇게 했을까?'

내가 어쩌다 이러고 있게 된 걸까. 이 무거운 죄책감으로부터 빨리 벗어나고 싶었다. 고난이 다 끝났다는, 시련이 다 끝났다는 신호가 와주기만을 기다렸다. 그때처럼, 그때처럼 말이다.

그 순간, 휴대폰이 울렸다. 모르는 번호였다. 혹시나 하는 마음에 전화를 받았다. 이 지긋지긋한 상황에서 벗어나도 괜찮다고, 지금 당장 도망쳐도 된다고 말해줄 신호이길 바라면서. 하지만 수화기 너머의 목소리는 그런 나의 기대를 무참히 깨뜨렸다. 오히려 그 목소리의 주인은 나를 다시 과거의 어둠 속으로, 그 사고의 한가운데로 끌어들이려는 사람이었다. 아니, 그보다 더 깊은 혼란 속으로 밀어 넣으려는 사람이었다.

VI

오래된 진실

내게 전화를 건 사람은 바로 유미였다.

"언니, 오랜만이야. 잘 지냈어?"

유미의 목소리가 기억이 났던 건 아니지만, 목소리를 듣자마자 나는 본능적으로 유미라는 걸 알아차렸다. 분명 유미의 목소리였다.

순간, 스산한 바람이 한차례 불고 지나갔다. 그 바람에 억새밭이 꺾이듯 젖혀졌다. 유미가 내게 하는 말들 때문에 나의 마음도 과거의 기억 어느 한 군데에서 꺾일 듯 젖혀지더니 조금씩 바스라져 가고 있었다.

─ 우선 사과부터 할게. 언니를 실망하게 해서 미안해. 언니한테 나는 죽은 사람이 되어야 하는데 그러지를 못해서 언니는 지금 크게 실망했을 거야. 그렇다고 해서 여태껏 언니가 가졌던 일말의 죄책감이 아깝다거나 하는 건 아니겠지? 아니길 바랄게. 내가 정말로 죽지 않았던 건 아니었으니까. 난 한 번 죽었던 사람은 맞으니까. 나는 언니 때문에 한 번은 죽어야 했지. 언니도 부정하지 못할 거야. 내가 언니를 참 많이 좋아했다는 거. 내 인생에서 어떤 누구도 언니처럼 좋아해 본 적이 없었어. 언니는 내가 인생을 살면서 처음으로 좋아한 사람이었어. 그런데 난 운이 없게도 내가 처음으로 좋아한 사람에게 그토록 많은 미움을 받았던 거야. 그래서였을까. 난 언니에게 배신당한 이후로 그 누구도 좋아할 수 없었어.

언니를 처음 보았을 때 내 소감은… 뭐랄까, 너무 근사한 사람을 본 것 같았어. 나는 그날, 아빠를 따라 낯설고 허름한 동네로 가게 되었는데, 모든 게 낯설기만 했어. 항상 떠돌기만 했던 우리 부녀가 처음으로 정착해 산다는 게 너무 떨리고 낯설었지. 언니의 집에 갔을 때 마음이 편하지는 않았어. 누군가의 집에 얹혀산다는 게 편할 수는 없으니까. 게다가 언니 말대로 나는 소심하고 눈치를 많이 보잖아. 어색해하며 현관문 앞에 서서 멀뚱히 서 있는데 언니가 대문을 열고 안으로 들어오는 걸 보게 되었어. 언니를 보는 순간, 그 전까지의 불편했던 기분은 싹 가시고 반가운 기분이 들었어. 무척 마음에 드는 친구가 생긴 기분이었지. 나는 그때 친구가 갖고 싶기도 하고, 언니가 갖고 싶기도 하고, 어쩌면 그냥 막연히 좋아할 멋진 사람이 필요했던 거였는지도 몰라. 언니는 분명 한눈에 봐도 멋진 사람이었으니까. 그런데 언니는 나를 처음부터 마음에 들어 하지 않았지. 처음에는 그런 모습조차 나에겐 멋있어 보였어. 아무에게나 쉽게 친절하게 굴지 않는 모습은 내가 언니에게서 닮고 싶은 모습이기도 했으니까.

언니도 알다시피 난 그게 잘되지 않았어. 언니 말대로 나는 애정결핍이라 누군가가 날 마음에 들어 하지 않으면 그게 너무나 불안하고 마음에 걸리는 소심한 아이였으니까. 그래서 난 언니를 더 좋아하게 됐지.

언니는 나를 마음에 들어 하지 않았지만 그것도 난 참고 기다릴 수 있었어. 부모의 재혼으로 갑자기 생긴 형제, 자매를 좋아할 수 있는 사람이 얼마나 되겠어? 게다가 나의 아버지는 몹시도 초라하고, 난 너무나 촌스러운 아이였으니까. 그래도 나는 내가 노력하면 언젠가 언니가 날 좋아해 줄 거라고 기대했었어. 하지만 그건 내 크나큰 착각이었지.

　난 언니가 갖고 싶었어, 너무나도. 언니와 친해지고 싶었어. 내가 언니를 좋아하는 만큼이나, 언니가 나를 좋아해 줬으면 했어, 하지만 언니는 나를 끝내 좋아하지 않았어. 아니, 언니는 나를 싫어했어. 그래서 언니는 내가 학교에서 고통받는 것도 외면했지. 언니가 다 알면서도 그랬다는 것도 알아. 원래 아줌마와 아빠가 하기로 한 혼인신고를 말린 사람이 언니고, 그 사실을 알면서도 나에게 얘기해주지 않은 것도 언니라는 사실을. 그걸 알게 된 건 언니가 나를 두고 서울로 떠난 후였어. 그 사실을 알고 나서는 언니에 대한 아주 작은 미련조차도 없앨 수 있게 되더라. 언니가 아주 나쁜 사람은 아닐 거라는 실낱같은 미련조차 완전히 버리게 되었지.

　언니, 속상해? 내가 어릴 때처럼 언니를 착한 사람이라 부르지 않고 나쁜 사람이라 해서 속상한 거야? 아니면 내가 죽지 않고 살아 있는 게 속상한 거야? 언니가 속상할 게 뭐가 있어. 언니는 내가 뻔히 목숨이 위험하다는 걸 알면서도 외면하고 떠나버렸는데…. 내 죽음을 이용하면서까지…. 안 그래? 그래서 언니에게 나는 한 치의 오차도 없이 반드시 죽은 사람이어야 했겠지. 그런데 어떡해? 세상에는 오차가 이렇듯 너무나 많은데.

그런데 언니는 이걸 알아야 해. 내가 죽지 않은 건 결코 내 잘못이 아니라는 걸. 언니는 지금 내가 죽지 않았단 게, 마치 잘못된 일처럼 느껴지겠지만 그날 내가 죽지 않은 건 내 잘못이 아니야. 그건 내 탓도, 내 선택도 아니었으니까.

언니는 어쩌면 내가 그동안 언니를 가지고 놀았다고 생각할지도 몰라. 거기다 경수 오빠가 언니를 지겹게 괴롭히고 난 후니 더 그렇게 느껴지겠지. 언니는 갑자기 경수 오빠가 언니 인생에 들이닥친 게 나 때문이라고, 내가 시켜서 그런 거라고 오해할 수도 있어. 하지만 언니, 맹세코 그런 건 아니야. 나는 그런 식의 복수 따위는 하지 않으니까. 언니, 가만히 생각해 봐. 고작 나 따위가 그동안의 모든 일을 설계했을 리가 없잖아? 언니가 나를 사지로 보냈는데 내가 죽지 않고 살아 있는 것도, 언니가 이런 불운을 겪는 것도 다 내가 만들었을까? 그럴 리가 없잖아. 언니도 알다시피 나에게는 그런 능력이 없어. 그냥… 우리가 지나온 일들에는 우리가 모르는 우연들이 끼어 있었던 것뿐이야. 사람들은 대부분 그 우연을 모르는 채 살아가지만, 우리는 그 지독한 우연의 정체가 악연인 것까지 알아버리게 된 게 아닐까…? 나는 그렇게 생각해.

언니는 하고 싶은 게 참 많았어. 자신감도 넘쳤고. 어릴 때의 나는 그런 언니가 얼마나 멋있었는지 몰라. 언니를 동경했던 시절이 있었지. 하지만 이제는 그저 언니를 동정할 뿐이야. 나는 언니를 참 많이 동정했고, 지금도 동정해.

언니를 이해하는 면도 있어. 아니다, 언니를 이해하는 게 아니라 언니가 무어라 변명할지 예상이 돼. 언니는 이런 식으로 자신을 옹호할 거야. 언니는 어떻게든 지옥에서 벗어나기 위해 발버둥 쳤던 것뿐이라고. 그런데, 천국으로 가서 어땠어? 행복해졌어? 무엇보다 언니가 있는 곳이 천국이라고 생각해? 내가 전화한 건 이것 하나는 얘기해주고 싶었기 때문이야. 내가 어떻게 죽지 않고 살아 있는지에 대해서. 그게 경수 오빠가 언니를 괴롭힌 것에 대한 해답이기도 하니까.

언니는 끝내 의문을 풀지 못했을 거야. 경수 오빠가 왜 언니를 보며 자기 동생을 죽인 살인자라고 말하는지를. 경수 오빠 동생 이름 김희주는 사망자 명단에 적혀 있지 않은데, 어째서 언니한테 자기 동생을 죽인 살인자라 하고, 지독히 언니를 괴롭혔는지 이해가 가지 않을 거야. 그걸 단지 어느 미친 정신병자의 정신착란이라 치부하기에는 언니 마음에 찝찝함이 남아 있겠지.

사실 그날 죽은 건 내가 아니라 희주였어. 사망자 명단에 올라간 이유미가 실은 김희주였다고. 그날 나는 그 호프 가게에 가지 않았어. 나 대신 내 지갑을 들고 퍼펙트 호프에 간 건 희주였어. 나는 그날 지갑을 도둑맞았지만, 희주는 목숨을 도둑맞았지. 운명이란 게 참 아이러니하지 않아?

그날 나는 언니가 준 5만 원을 지갑에 넣고 시내로 갔어. 그런데 시내에 도착했을 무렵, 단체 메시지가 온 걸 뒤늦게 본 거야. 호프집에서 만나는 시간을 1시간 뒤로 한다는 거였지. 만일 좀 더 일찍 봤더라면 그 시간에 나가지 않았을 텐데, 시내에 나오고서야 메시지를 본 거였어. 언니한텐 참 행운인 일이었지. 어떻게든 일이 벌어질 운명이었던 걸까? 하지만 어디까지나 선택은 언니가 한 거란 걸.

당장 애매해진 시간을 때울 곳이 마땅치 않았던 나는 오락실에 들렀다가 우연히 희주를 만났어. 나보다 두 살이 어린 희주는 경수 오빠가 무척이나 아끼는 동생이었어. 경수 오빠는 자기는 밖으로 돌아도 희주는 모범생처럼 살기를 바랐어. 경수 오빠의 꿈은 자기는 헤어 디자이너가 되어서 숍을 차리고, 희주는 좋은 대학 나와 좋은 직장에 취직하는 거였으니까. 그런데 희주는 그리 성실한 애가 아니었지. 그 애는 공부에는 관심이 없었고, 괜히 이것저것 하며 허송세월 보내는 애였거든. 희주는 언제나 오빠 무리와 놀고 싶어 했지만 자기 오빠가 허락해 주지 않는다며 불만이었어. 그나마 아르바이트라도 하면서 용돈벌이라도 하는 경수 오빠와 달리 희주는 신나게 놀고 싶어도 늘 돈이 없어서 못 놀아서 괜히 나한테 한 번씩 연락해서 자기도 끼워달라는 애였지. 그런 희주와 오락실에서 마주치게 된 거야.

  오락실에서 마주쳤을 때 희주는 날 무척이나 반가워했어. 처음에는 그 이유를 알지 못했는데, 나중에야 알게 됐지. 희주는 자기 오빠 생일 파티에 가고 싶었고, 내가 좋은 핑곗거리가 되어줄 거로 생각한 거였어. 그런데 뜻밖에도 내가 돈이 있다는 걸 알게 되고는 지갑을 훔쳐 달아나기로 한 거였지.

  오락실에서 나와 마주친 희주는 나를 무척이나 반가워하며 대뜸 코노 안으로 들어가자고 했어. 나는 그러자고 했지. 어차피 약속 시각까지는 시간이 떴으니까. 내가 노래를 부르는 동안 희주는 지나치게 내 옆에 바짝 붙어 있더니 화장실에 가겠다고 하고는 자리에서 일어났어. 그러고나서 한참이나 지나도록 돌아오지 않기에 문을 열고 나가려고 보니 내 주머니 속의 지갑이 사라지고 없었어. 지갑을 가져간 희주는 당연하게도 내 전화를 받지 않았어. 희주에게 도벽이 있긴 했지만 아주 사소한 것을 몰래 가져갔지 내 지갑을 가져간 건 그때가 처음이었어. 지금 생각해 보면 희주는 그만큼 자기 오빠 생일 파티에 가서 놀고 싶었었나 봐. 희주는 내게서 훔친 지갑을 들고 적당히 시내를 배회하다 저녁쯤에 퍼펙트 호프에 갔던 것 같아. 그리고 불의의 사고를 당한 거지.

전해 듣기로 퍼펙트 호프에 들어간 희주가 경수 오빠 일행에 합석하지는 않았대. 아니, 못한 건가…? 호프집에 들어간 희주는 막상 경수 오빠한테 혼나는 게 걱정됐는지 뒤쪽 테이블에 앉아 있다가 사고를 당했어. 뒤 테이블에 앉아서 보고 있다가 다가가려고 했던 거였겠지. 끝내 그러지는 못했지만…. 사고 후에 간신히 목숨을 구한 경수 오빠는 희주가 퍼펙트 호프에서 시신으로 발견되었단 소식을 뒤늦게 듣고 믿을 수 없어 했어. 경수 오빠는 그날 퍼펙트 호프에서 희주를 보질 못했으니까. 희주가 올 거라는 생각조차 하지 못했었으니까. 당연히 경수 오빠는 충격에서 벗어날 수 없었지.

이제 알겠어? 죽은 건 희주인데, 언니가 왜 여태 내가 죽었다고 믿고 있었는지…. 희주는 내 신분증이 든 지갑을 가지고 사고가 난 퍼펙트 호프로 갔어. 불에 탄 시신에서 가장 먼저 확인할 수 있는 건 유류품이었고, 신분증의 주인이 나였으니까 당연히 시신도 나라고 생각했겠지. 한동안은 모두가 그렇게 믿었어. 그런데 나중에야 밝혀진 거야. 그 시신이 내가 아니라 희주였다는 게. 하지만 그때는 이미 사고 보도가 난 이후였고, 작은 도시에서 한참 지난 화재 사고의 사망자 이름 오류를 구태여 정정할 필요를 못 느꼈나 봐. 거기다 나는 그 뒤로 집을 나가버렸어. 언니의 그 대단한 집에서 더는 살고 싶지 않았거든. 왜냐고? 언니, 기억 안 나? 그때 언니는 사고가 난 직후에 내가 보낸 문자에 답하지 않았잖아. 그 문자는 내가 화재 사고로 다치거나 잘못되지 않았으니 걱정하지 않아도 된다는 문자였어. 그런데 언니는 답이 없었지. 화재 사고 뉴스가 TV며, 인터넷에 떠들어대고 사망자 명단에 내 이름이 나와도 언니한테 아무런 답장이 없다는 걸 알고서, 그리고 집에 갔을 때 언니의 물건들이 사라진 걸 보고서 나는 깨달았어. 나는 언니한테 아무래도 상관없는 사람이라는 걸…. 죽든 말든 상관없는 사람…. 언니한테 나는 그런 사람이었다는 걸 깨닫고 그 집을 떠난 거야.

 아직 내 말이 끝나지 않았어. 진짜 하려는 얘기가 남아 있어. 그러니 내 얘기를 일단 끝까지 들어봐.

 지금 언니는 경황이 없어서 내가 지금껏 한 말들도 다 알아듣지 못하고 있을 거야. 그래도 지금부터는 내 얘기를 똑바로 들어주었으면 좋겠어. 지금부터 진짜 중요한 얘기가 나오니까.

사고가 난 후에 나는 오빠들과 언니들이 입원한 병원으로 병문안을 갔었어. 그곳에는 참혹한 광경이 펼쳐져 있었어. 심한 화상을 입고 붕대를 감은 채 누워 있는 사람들을 보며 여기가 지옥이란 곳이 아닐까 싶기도 했어. 언니가 지옥을 벗어났다고 생각한 순간에, 난 진짜 지옥을 보고 있었던 거야. 그렇게 다친 환자들을 보고 있다 보니 살아 있는 게 기적처럼 느껴지다가, 죄책감이 들기도 하고, 그러다 불안이 엄습해 왔어. 순간 정말이지 하고 싶지 않은 생각이 들더라. 내가 지옥을 보고 있는 게 우연이 아니라 누가 나를 지옥에 밀어 넣은 걸지 모른다는 불안한 의구심이 들었어. 비로소 나는 언니를 의심하게 된 거야. 결국 언니의 악의가 들켜버린 건 언니 때문이야. 언니의 철두철미하지 못한 악의에 있는 거라고. 언니는 나쁜 마음을 쉽게 먹으면서도 조심성이 없는 사람이야. 그래서 난 언니의 나쁜 진심을 완전히 알아버렸던 거야.

  자퇴했을 무렵부터 나는 언니가 날 좋아해 주길 바라는 기대를 완전히 접었어. 거기에는 학교 일 때문도 있었지만 언니가 몰래 기록해 둔 나쁜 속마음을 알게 되었기 때문이었지. 언니가 혼자 쓰는 비공개 계정 블로그에 쓴 나에 대한 속마음 하나를 읽어버렸거든.

방 안에 있는 컴퓨터를 쓰는 건 대부분 언니였지. 언니가 쓰지 않을 때만 나는 컴퓨터를 쓸 수 있었어. 딱 한 번, 언니가 로그아웃하지 않은 채로 모니터만 끈 채 바쁘게 밖으로 나갔다 온 적이 있었는데 그날 나는 언니가 컴퓨터를 다 썼다고만 생각하고 컴퓨터를 쓰려다, 언니가 비공개 계정으로 로그인한 포털 사이트 화면을 본 거야. 그러면 안 되었는데 호기심에 그만 나는 언니의 블로그에 들어가 보았어. 그러다 언니가 나에 대해 쓴 글을 보고 말았지. 언니가 블로그에 짜증 섞인 투로 글을 쓴 건 나에 관한 것만이 아니었지. 사춘기였던 언니에겐 많은 것들이 짜증스러웠을 테니까. 그렇다고 해도 언니가 날 그렇게 생각하고 있을 줄은 정말 꿈에도 몰랐고, 그래서 충격이었어.

언니가 그 글을 썼을 때는 내가 한창 미용 기술 배우는 오빠들, 언니들을 따라다니기 시작했을 무렵이었지. 내가 경수 오빠를 알게 된 지 얼마 되지 않았을 때, 언니는 시내에서 내가 오빠들, 언니들과 함께 있는 걸 보고서 블로그에다 그날 내 모습을 이렇게 표현했더라?

'고양이 앞에 쥐'

언니는 내가 자퇴하고 나서 불량한 양아치들과 어울려 논다고 불쌍히 여겼었지? 그런데 있잖아, 그 오빠들, 언니들은 결코 불량한 양아치들이 아니었어. 언니가 본 장면은 아주 찰나의 순간이었고, 경수 오빠는 원래 자기 오토바이에 몸을 누인 채 사람을 올려다보는 걸 좋아해. 굳이 내가 아니어도 말이야. 나는 언니가 왜 그런 생각을 했는지 모르겠어. 언니에겐 내가 그런 취급을 당하는 게 마땅하다고 생각했던 걸까? 맞다고 생각했던 걸까? 그 글에서 언니는 나에 대해, '애정결핍', '한껏 귀여운 척하지만 자존심도 없는 가여운 애', '바보 같은 미미 공주처럼 살 바에야, 그냥 살지 않는 편이 나아'라고 썼지.

그런데 언니, 도무지 이해 가지 않는 게 있어. 언니는 그 오빠들, 언니들이 매우 위험한 사람들이란 걸 알면서도 왜 그 사고가 있던 날에 날 그 사람들한테 보냈던 거야? 퍼펙트 호프가 언제 사고 나도 이상하지 않을… 아니, 가게를 여는 당일에 사고가 나도 이상하지 않을, 금방이라도 터져버릴 시한폭탄 같은 곳이란 걸 알면서도 왜 날 그리로 보냈던 거야?

그래, 난 언니가 블로그에 나에 대해 쓴 글만 읽은 게 아니었어. 언니가 퍼펙트 호프와 잘난 사모님에 대해 쓴 글도 읽었거든.

사고 후에 경수 오빠가 입원한 병원에 병문안 갔었다고 했지? 다행히 경수 오빠는 몸에 심한 화상을 입지는 않았어.

대신 마음에 심한 화상을 입어야 했지. 왜냐하면 살아 있는 동생 대신, 살아 있는 나를 봐야 했으니까. 그전까지 화재 사고로 사망자 명단에 오른 사람은 나, 이유미였어. 화상을 입은 채 병실에 누워 있던 경수 오빠는 희주가 호프집에 갔을 거라고는 꿈에도 생각하지 못했어. 그런데 사망자 명단에 이름이 올라 있던 내가 나타나고 희주는 끝내 나타나지 않은 거야. 얼마 뒤, 경수 오빠는 죽은 게 희주고 살아 있는 게 나라는 사실을 알고는 극도로 분노했어. 희주의 죽음이 내 잘못이나 책임이 아닌데 나는 덜컥 눈물이 났어. 문득 살아 있는 내가 잘못되었다는 생각이 들어서. 그때 흘린 내 눈물은 언니가 만들어낸 거야. 언니는 그런 기분을 알아? 내 책임이나 잘못이 아닌 누군가의 죽음에 대해 죄책감을 느끼고 끊임없이 사과해야 하는 기분을…. 게다가 그건 내가 살아 있는 것에 대해 미안해해야 하는 일이었어.

'미안해, 정말 미안해.'

어느 순간엔 내가 정말 진심으로 미안해하고 있더라. 그때 나는 대체 무엇에 대해 미안해해야 했던 걸까? 내가 살아 있는 것? 아니면 희주가 죽은 것? 나는 지갑을 도둑맞은 죄밖에 없는데 왜 미안해해야 했던 걸까. 정말이지 그때는 그럴 수밖에 없었어. 경수 오빠가 제정신이 아니었거든.

나는 그때 속절없이 경수 오빠의 원망과 비난을 받아줘야만 했어. 경수 오빠에게 희주는 각별했어. 언니가 나를 생각하는 것과는 달랐지. 그 둘은 진짜 남매였으니까. 가뜩이나 화상을 입어 몸이 고통스러웠던 경수 오빠는 희주가 죽었다는 사실에 분노했어. 사람이란 게 참 우스워. 사망자 명단에서 '이유미(여, 18)'라는 걸 보았을 때 경수 오빠가 느낀 감정은 그저 연민이었을 텐데, 죽은 게 내가 아니라 희주라는 사실에는 매우 고통스러워했지…. 경수 오빠의 정신은 그때 무너져 내렸어.

경수 오빠가 원래 반듯하기만 한 사람은 아니었어. 언니의 눈에 양아치로 보일 만큼 날티나는 구석도 있었고 반골기질도 있었으니까. 그래도 열심히 해서 헤어 디자이너로 성공해 할머니를 잘 모시고 동생 뒷바라지를 하겠다는 책임감 있는 구석도 있었어. 문제는 그 책임감이 불행한 사고로 하루아침에 갈 곳 없게 되어버리면서 경수 오빠는 온전한 사람이 아니게 되었지. 거의 매일 술을 먹었고, 술을 마시면 원망할 사람을 찾았고 그러다 항상 나를 불러 괴롭혔지. 문자며, 전화며… 자기가 지금 너무 고통스러우니 오라고 불렀어. 언니는 안 가도 되는 걸 간 내가 멍청한 년이라고 생각하겠지만, 경수 오빠가 날 죄책감으로 옭아맸기에 가지 않을 수가 없었어. 그때 나는 희주의 죽음에 대한 죄책감을 갖고 있었으니까. 경수 오빠가 계속 희주의 죽음을 나 때문이라고 했었으니까. 그때 나는 너무 어렸고, 언니도 알다시피 그때의 나는 우유부단하고 소심했으니까.

그렇다고 해서 계속 그 노릇을 해줄 수는 없었어. 어느 순간, 나도 못 버틸 지경이 오더라. 벗어나고 싶었어. 그래서 얘기해줬지. 나도 피해자라고…, 나도 상처받은 피해자라고…. 내가 퍼펙트 호프 가게로 가면 위험하다는 걸 알면서, 퍼펙트 호프라는 말에 기다렸다는 듯이 돈을 쥐여준 사람이 있고, 그 사람이 바로 내 언니였다고, 그래서 난 나간 거였고, 희주가 내 지갑을 들고 나 대신 퍼펙트 호프로 갔던 것뿐이라고, 나는 죄인이 아니라고, 나는 아무런 잘못이 없다고….

그 말에 경수 오빠의 정신은 무너지고 말았지. 그 전부터 경수 오빠의 정신은 부서지고 있었지만, 그 말에 경수 오빠의 정신은 완전히 무너지고 말았어. 현실 감각이 사라질 정도로 사람이 바뀌어버렸지. 그나마 희주의 죽음을 내 탓으로 하며 버티다가 그마저도 못 하게 되고 나니, 정신이 무너져 버린 거야. 하지만 나로서도 정말이지 어쩔 도리가 없었어. 계속 나에게 집착하고 원망을 쏟아내는 경수 오빠를 감당할 수 없었으니까. 그때 나는 너무 어렸고 억울했어. 그래서 진실을 밝힐 수밖에 없었지. 경수 오빠는 결국 치료가 필요한 수준에 이르렀고, 결국 경수 오빠 할머니의 동의하에 경수 오빠는 정신병원에 입원하게 된 거야.

그 후로 나는 과거의 일을 10년 가까이 잊고 살았어. 언니만큼이나 나에게도 그 시절 기억과 사람들은 끔찍한 것으로 남아 있으니까. 그래도 조금은 안 됐다는 마음으로 알아본 경수 오빠 소식은 정신병원을 전전한다는 정도였고, 그 후로는 경수 오빠 생각을 하지 않고 살았어. 그런데 경수 오빠는 언니를 지독히 잡고서 놓아주지 않고 있었나 봐. 갑자기 찾아온 불행의 원인을 탓할 사람이 계속 필요했나 봐. 설령 그게 사리에 맞지 않을지라도 말이야. 그래서 정신이 무너져서도 언니를 타깃으로 증오를 품으며 여태껏 살아왔던 거겠지. 그래서 언니를 공격할 수밖에 없는 거야. 지금, 이 순간까지도.

"그게 무슨 소리야? '지금 이 순간까지도'라니?"

나는 더 이상 유미의 말에 잠자코 있을 수가 없었다. 그러자 유미의 냉소적인 목소리가 낮게 깔리더니 나에게 속삭이듯 말했다.

― 언니, 지금 내가 언니 상황에 대해 어떻게 그렇게 잘 알 수 있겠어? 언니의 궁금증을 이렇게 내가 잘 풀어줄 수 있었다는 건 내가 언니를 충분히 볼 수 있는 자리에서 언니를 관찰할 수 있단 게 아닐까? 이제 알겠어? 나는 지금 언니를 보고 있어. 나는 지금 억새밭 사이 한가운데에 있는 포르쉐 앞에 서 있는 언니의 모습을 보고 있어. 그래서 언니가 지금 매우 위험한 상황이라는 걸 말해줄 수가 있는 거지. 조심하는 게 좋을 거야. 지금 당장이라도 전화를 끊고 몸을 피해. 내가 이 말을 해주는 건 그래도 언니가 내 눈앞에서는 다치지 않길 바라기 때문이야.

　전화는 끊겼다. 뒤늦게 이상한 낌새를 느끼고 뒤를 돌아보자, 환자복을 입은 김경수가 광기에 사로잡힌 눈을 하고서 손에 둔기를 든 채 나에게로 다가오고 있었다. 나는 간신히 몸을 피했지만 마치 정지된 것처럼 몸을 움직일 수가 없었다. 몸과 머리가 따로 노는 것 같았다. 몸이 다른 곳에 있는 것 같았다. 머릿속으로 이 상황이 정리되지 않았다. 내가 듣고 본 것들이 모두 갑작스럽게 일어났고, 그것들은 모두 하나같이 나를 괴롭히고 있었다. 살면서 꾼 그 어떤 악몽보다 지독한 현실이 눈앞에 펼쳐지고 있었다. 그리고 이 악몽에서 깨어나는 법을 도무지 알 수 없다는 게 가장 큰 문제였다.

 나는 간신히 몸을 피했지만, 김경수는 어느새 몸을 일으켜 나를 보고 있었다. 김경수는 서서히 나에게로 다시 다가왔다. 나는 한 손으로 땅을 더듬으며 손에 잡힐 만한 것들을 찾아보았다. 그러다 손에 잡힌 돌을 잡아 쥐었다. 하지만 그걸 던질 엄두는 나지 않았다. 날 보며 다가오는 김경수의 핏발 선 눈이 나를 지독히 제압하고 있었기 때문이다. 이런 것 따위 던져봐야 소용없을 거라는 생각이 나를 주저하게 했다. 나는 차라리 두 눈을 질끈 감아버렸다. 꿈에서 깨어나려면 반드시 눈을 떠야 하지만 사람이 너무 무서운 악몽에 빠지게 되면 두 눈을 감고서 깨어나길 바라게 되는 것처럼 말이다.

 두 눈을 떴을 때 세상이 모두 흐리게 보였다. 눈을 뜨자마자 보인 건 하얀 천장과 눈부신 전등이었다. 그런데 초점이 맞지 않아 모든 게 흐리게 보였다. 그 순간, 익숙한 목소리가 들려왔다.

 "괜찮아?"

 나는 고개를 살짝 움직였다. 내가 있는 곳은 병원이었고,

내 옆에 앉아 있는 사람은 석현 씨였다. 그제야 나는 생각이 났다. 김경수가 둔기를 든 채 나를 덮치던 그 순간, 그를 뒤따라온 병원 사람들이 김경수를 제압했다는 사실을. 김경수가 내리친 둔기가 내 머리를 비껴가면서 이마에 상처가 났고, 봉합하는 정도의 가벼운 치료를 했다고 석현 씨가 말해주었다. 나는 다른 것보다 어떻게 석현 씨가 내 옆에 있을 수 있는지가 궁금했다.

"…어떻게 석현 씨가…."

그러자 석현 씨가 말했다.

"나야말로 묻고 싶다. 대체 어떻게 된 거니? 너는 여기에 왜 온 거야? 너를 공격한 정신병자는 누구고? 네가 대체 왜 여기에 와서 정신병자한테 이런 습격을 당한 건지 이해가 가질 않아. 정신병원에서 전화가 왔을 때 내가 얼마나 놀랐는지 모를 거야. 병원에서는 내 번호가 가장 위에 '예비 신랑'이라고 저장되어서 전화했대. 전화 받자마자 여기로 오면서 머릿속으로 별의별 생각을 다 했어. 결혼하기로 한 여자가 말도 없이 정신병원에 와서는 정신병자한테 급습이라니…. 대체 어떻게 된 거야?"

나는 몸을 일으키며 말했다.

"…미안해, 석현 씨."

정신이 멍했지만 일단 미안하다는 말부터 나왔다. 요즘 들어서는 석현 씨가 무어라 말하든 미안하다는 말부터 해야 할 것 같았다. 그런데 생각 외로 석현 씨는 내게 따뜻하게 말해주었다.

"몸 괜찮아? 더 누워 있어야 하는 것 아니야?"

나는 고개를 저으며 말했다.

"아니야, 스친 건데."

김경수로부터 맞은 이마 부근에서는 이렇다 할 통증이 느껴지지 않았다. 갑작스레 일어난 일들에 정신이 멍했을 뿐 아픈 곳은 없었다.

"그래? 다행이다."

석현 씨의 말이 다정하게 느껴졌다. 차갑지 않은 석현 씨는 오랜만이었다. 그러자 갑자기 이런 생각이 들었다.

'차라리 다 털어놓는 편이 나을지도 몰라.'

그러면 석현 씨가 더 이상 괜히 의심하지 않을 테고, 우리 사이가 전처럼 다시 좋아질지 모른다는 기대감이 들었다. 지금이 아니면 더는 기회가 없을 것 같았다.

나는 조심스레 입을 열었다.

"석현 씨, 있잖아…."

"응?"

"지금부터 내가 하는 말… 믿기 힘들겠지만…."

나는 천천히 석현 씨에게 내가 살아온 이야기를 천천히 털어놓았다. 말하는 내내 몇 번이나 석현 씨의 눈치를 살폈다. 표정 하나하나, 미세한 반응까지도 신경이 쓰였다. 혹시 나에게 정이 떨어지면 어쩌지, 석현 씨가 이대로 자리를 박차고 일어나면 어쩌나 하는 두려움이 몇 번이나 들었다. 다행히도 석현 씨는 그러지 않았다. 모든 게 내 예상 밖의 일이었고, 고마운 일이었다.

석현 씨는 내 고백에 다소 놀란 듯했지만 실망한 기색 없이 조용히 내 이야기를 끝까지 들어주었다. 자리를 떠나지도, 나를 비난하지도 않았다. 그저 묵묵히 마지막까지 경청했다.

석현 씨는 잠시 무언가 생각하더니, 부드럽게 웃으며 조용히 내 손을 잡아주었다. 커다란 그의 손이 내 손등을 감싸 쥐는 순간, 따뜻한 온기가 서서히 퍼져나갔다. 마치 얼어붙은 마음을 천천히 녹이는 것 같았다. 정말이지 오랜만에 느껴보는 석현 씨의 온기였다. 나는 순간 깨달았다. 석현 씨가 나를 이해하고 있다는 것을. 내 어두운 과거에 실망하지 않고 그저 과거에 묶여 괴로워하는 나를 들여다봐 주었다. 석현 씨는 나를 따뜻이 위로해 주었다.

"현주야, 난 너에게 이토록 힘든 과거가 있었는지 몰랐어. 네가 그렇게 마음고생하고 있는 줄도 모르고 내가 괜한 오해를 하고 있었네. 너에게 미안한 마음이 든다. 힘들 때 곁에 있어줘야 진정한 사랑인데, 난 그러지를 못하고 너 혼자 외롭게 만들었어. 난 그렇게 생각해. 사람에게 과거란 다 지나간 일이라고. 너 혼자 이런 위험한 상황을 맞닥뜨리게 된 게 나는 안타까울 뿐이야. 나한테 진작 말하지 그랬어."

석현 씨의 말에 나는 고개를 들어 석현 씨를 보았다. 안도감을 느꼈다.

"날… 이해해줘서 고마워."

"이해하고 말고가 어디에 있어. 너는 내가 사랑하는 여자고 그 사실은 지금도 변함이 없는데…."

석현 씨의 위로에 눈물이 터져 나왔다. 나는 그간 하지 않아도 될 마음고생을 한 것 같아 허탈함이 밀려왔다. 석현 씨 말대로 과거는 과거일 뿐인데, 석현 씨는 내게 과거는 과거일 뿐이라고 말해주는 사람인데…. 대체 나는 무엇 때문에 혼자 속을 썩였던 걸까.

석현 씨가 내 두 손을 잡은 채로 말했다.

"왜 여태 내게 말하지 않은 거야?"

"그냥… 두려웠어. 석현 씨가 나한테 실망할까 봐. 실망하고 내게서 떠나버릴까 봐…. 그럴까 봐….”

그러자 석현 씨가 내 머리칼을 쓸어주며 말했다.

"그럴 리가 있겠어? 나는 너를 사랑하는 남자잖아. 난 오히려 네가 나한테 지금이라도 솔직하게 털어놔 줘서 고마워. 이제야 우리 사이에 비밀이 없게 된 것 같아서 기쁘고 안심이 돼.”

그 말에 나는 감격에 차서 물었다.

"그럼, 우리… 결혼하는 거지?”

그러자 석현 씨는 더없이 다정한 얼굴을 하고서 내게 말했다.

"그럼. 당연한걸. 나는 절대 너를 버리지 않을 거야.”

석현 씨의 손이 조용히 내 이마 위로 올라와 부드럽게 머리칼을 쓸어 넘겼다. 그 순간, 마치 모든 상처가 사라지는 듯했다. 몸의 상처도, 마음의 상처도, 깊숙이 남아 있던 아픔마저도. 석현 씨의 따뜻한 손길 한 번에 모든 것이 씻은 듯 나은 것만 같았다.

그날 밤, 나는 석현 씨와 근방의 모텔에서 밤을 보냈다. 다시 다정해진 석현 씨를 위해서라면 무엇이든 할 수 있을 것만 같았다. 침실로 들어설 때까지만 해도 석현 씨가 부드럽게 날 이끌어줄 거로 생각했다.

하지만 그날 낮이 평소와 달랐듯이, 그날 밤도 평소의 밤들과 달랐다. 아니, 낮과도 완전히 다른 밤이었다. 익숙한 온기가 아니라 낯선 감각이 밀려들었다. 평소와 다르게 거칠게 변한 석현 씨에게 적응할 틈도 없이 모든 게 끝나 있었다. 숨을 가다듬기도 전에 그는 귀찮다는 듯이 나를 떼어냈다. 잠깐 혼란스러웠다. 하지만 나는 스스로를 다독이며 받아들이기로 했다. 석현 씨가 내 불완전한 과거를 이해해주었듯이 나도 그런 석현 씨를 이해해야 한다고. 어쩌면 이것이 진짜 서로를 완전히 이해하는 게 되는 게 아닐까. 그렇게 생각하니 나쁘지 않았다.

잠든 석현 씨를 바라보며 스르륵 잠이 들었다. 그런데 눈을 뜨자 침대에는 석현 씨가 없었다. 눈을 뜨자마자 석현 씨가 보이지 않는 걸 확인하고서 가장 먼저 든 생각은 '아, 골프 모임에 갔나 보네'였다. 석현 씨는 매달 마지막 주 일요일이면 어김없이 가까운 지인들과 골프를 치러 나갔으니까. 오늘이 바로 그날이라는 걸 떠올리고는 안심했다. 석현 씨 골프 모임의 멤버들은 하나같이 사회적 지위가 높은 재력가 자제들이었는데, 언젠가 석현 씨가 같이 찍은 사진들을 내게 보여주며 얘기해준 적이 있었다. 다들 하나같이 잘났고 잘 나가는 사람들이었다.

  나도 언젠가 석현 씨와 결혼하면 그들 사이에 자연스럽게 녹아들어 골프를 치며 시간을 보내게 되겠지, 하는 생각을 하며 기분 좋게 몸을 일으키려던 순간 전화벨이 울렸다. 석현 씨가 걸어온 전화겠지, 하고 화면을 확인했지만, 예상과 달리 낯선 번호였다.

  전화를 받자, 젊고 단단한 남자의 목소리가 수화기 너머로 들렸다.

  — 여보세요, 박현주 씨 되시죠?

"그런데요?"

  — 경찰입니다. 저희가 시체를 한 구 찾았는데, 어머님이신 신정숙 씨 시체로 확인이 되어서 전화를 드렸습니다. 직접 와보셔야 할 것 같아서요.

  나는 마치 얼어붙기라도 한 듯 그 자리에서 꼼짝을 할 수가 없었다.

  살면서 이유를 묻고 싶어지는 때가 있다. 그럴 때 나는, '왜 나에게 이런 일이 생겼을까.' 하고 되뇌곤 한다. 하지만 요즘은 '왜 나에게 생각지도 못한 일들이 일어날까?'를 되뇐다. 왜 내게 생각지도 못한 일들이 일어날까. 아니, 왜 나는 이런 일들이 일어날 거란 걸 생각하지 못했을까? 왜 나는 유미가 죽지 않았을 수 있으리란 생각을 하지 않았을까…? 유미의 죽음을 직접 눈으로 본 것도 아니었는데 말이다.

하지만 뉴스에 뜬 사망자 명단에 유미의 이름이 오른 것을 보고서 유미의 죽음을 확신할 수밖에 없었다. 거기다 나는 유미가 비난했듯이 퍼펙트 호프가 언제 터져도 이상할 게 없는 시한폭탄이라는 걸, 그래서 불이 나면 속절없이 많은 사망자를 내리란 걸 알고 있었다.

유미의 말이 맞았다. 나는 유미가 어울리는 사람들이 위험한 사람들이라 생각하면서도, 그리고 퍼펙트 호프가 위험한 곳이란 걸 알면서도 유미를 그리로 보냈다. 유미가 죽든 말든 내 알 바가 아니었기에… 사라지든 아니든 상관없는 애 따위, 차라리 사라져 버리라고….

그런데…, 그런데 엄마한테는 왜 그랬을까? 나는 엄마가 나를 버렸다고 확신했다. 처음에는 늦어지는 것뿐일 거라고, 그다음에는 엄마에게도 사정이 있을 거라고, 그렇지 않고서야 엄마가 이렇게 오랜 시간 내게 연락도 없이 집에 안 들어오지 않을 거라고 믿었다. 그런데 엄마가 돌아오지 않자 엄마에게 무슨 일이 생겼을 거라고, 실종된 엄마를 걱정했었다.

　세상이 돌아오지 않는 엄마를 두고 실종이 아닌 가출이라 말하고, 아저씨에게서마저도 엄마에게 남자가 생겼고, 그래서 자신은 버려진 거라는 무능하기 짝이 없는 고백을 듣고 나서 나는 엄마가 날 버렸다는 생각에 엄마를 미워했다. 그렇게 생각하지 않을 수가 없었다. 모든 상황이 나에게 그렇게 말하고 있었는데 나 혼자 아니라고 주문을 거는 것 따위는 하고 싶지 않았다. 현실과는 동떨어진 주문을 거는 건 어린아이들이나 하는 짓이고, 나는 결코 유미 같은 멍청한 아이로 살고 싶지는 않았기 때문이다.

　엄마가 날 버렸다는 걸 받아들이고 나서 세상은 저주받을 것으로 변해버렸지만 그래도 그편이 속은 편했다. 엄마를 미워하면서 독해질 수 있었고, 다급해질 수 있었다. 그랬기에 내 인생에 찾아온 기회를 잡을 수가 있었기 때문이다. 병원에서 아저씨가 내게 500만 원이 든 현금카드를 내밀었을 때가 내 인생의 기회였다. 나는 그 기회를 주저 없이 집어 들었고 그것은 10년이 지난 지금도 후회가 없다.

　실종 신고를 하고 5년이 지나면 사망 처리 신고를 할 수 있다는 연락을 받았을 때 내가 들었던 감정은 당혹감뿐이었다. 왜냐면 나는 오랜 시간 엄마의 부재를 잊고 살았으니까. 그때 나는 한창 대학 졸업반으로 취업 준비를 하며 예민해져 있을 때였다. 어떻게든 더 높이 날기 위해 안간힘을 쓰던 그때 갑자기 엄마의 실종이 사망으로 바뀐다는 건 내게 받아들이기 어려운 고통이었다. 비록 서류상이라 하더라도 엄마의 사망 신고 처리는 외면하고 싶은 일, 아니, 아예 없어야 하는 일이었다.

그때 이런 생각이 들었다. 만약 내가 죄를 짓지 않았더라면 지금의 결과는 달라졌을까? 내가 유미에게 차갑게 굴지 않았더라면, 그렇게까지 못되게 굴지 않았더라면 엄마를 다시 만나게 될 수 있지 않았을까? 그러면 내 엄마의 사망 처리 연락을 받는 엿같은 일은 겪지 않아도 되었던 게 아니었을까? 분명 이 세상에 그런 인과관계 따위는 없는데, 전혀 연관도 없는 일에 '만약에'를 갖다 붙여가며 괴로워했다. 그래서 그날엔 인터넷에 마치 친구의 얘기인 것처럼 글을 쓰고, 그러다 보고 싶지 않은 답변을 보고 더욱 불안해져 결국 종욱 선배에게까지 전화하게 된 것이다.

그때 종욱 선배는 내게 이렇게 위로를 해줬다.

"현주야, 이건 어디까지나 절차에 불과한 일이야. 이걸 한다고 해서 네 어머니가 진짜로 죽은 사람이 된다거나 하는 건 절대 아냐. 이건 단지 나라에서 행정 관리를 위해 임의로 하는 절차에 불과하니까 너무 마음에 담아두지 마. 네 어머니는 분명 살아계실 거고, 돌아오시면 다시 살아계신 걸로 처리를 변경하면 그만인 일인 거니까. 그러니 너무 마음 쓰지 마. 무슨 사정이 있으셔서 못 돌아오시는 것뿐이니까…. 언젠간 돌아오셔서 너에게 그동안 무슨 일 때문에 못 돌아오셨는지 설명해 주실 날이 올 거야."

그런 날이 오지는 않더라도 이렇게 엄마의 죽음을 사실로 확인하게 되는 날이 올 줄은 몰랐다. 그것도 살해당했다는 사실로 말이다.

그랬다. 엄마는 살해당했다. 엄마가 날 버렸다고 내가 한창 엄마를 미워하던 시기에 엄마는 살해당해 깊은 강바닥에 수장水葬당한 채로 있었다. 그것도 모른 채 나는 엄마가 날 버렸다며 엄마를 원망하며 살았다.

내가 안치실 복도로 뛰어갔을 때 안치실 앞 벤치에서 일어선 건 낯선 경찰 말고 한 사람이 더 있었다. 종욱 선배였다.

"오빠가 여기는 어떻게…?"

그러자 경찰이 말했다.

"이분이 사체 신원 찾는 데에 많은 도움을 주셨습니다. 실종된 신정숙 씨 찾는 일을 계속하셨더라고요. 신원 미상 사체 쪽에도 확인을 해보신 모양이고요. 그러다 이렇게 확인이 되어 박현주 씨께 안타까운 소식을 전하게 되었습니다."

종욱 선배는 나보다도 침통한 표정인 것 같았다. 종욱 선배는 당황해 어찌할 바 모르는 나의 어깨를 가만히 토닥여주었다. 나는 그런 종욱 선배를 남겨두고 경찰과 함께 시체 안치실로 들어갔다.

안치실 문을 열고 들어가자 그대로 숨이 멎는 것 같았다. 차가운 안치대 위에 누워 있는 건 나의 엄마도, 사람도 아닌 것만 같았다. 살아 있는 엄마는 이제 세상 어디에도 없었다. 눈앞의 시신이 나와 전혀 상관없는 사람의 시신이라 부정하고 싶었지만, 그럴 수가 없었다. 시신임에도 엄마의 흔적이 미묘하게 느껴졌다. 그리고 왼손에 끼워진 금반지―그건 분명 엄마의 것이었다. 모든 것이 현실이었고, 비극이었다. 하지만 너무도 절망적인 순간이라 오히려 눈물조차 나오지 않았다.

몸 안의 기운이 전부 빠져나가기라도 한 것처럼 다리가 휘청거리며 몸이 흔들렸다. 경찰이 조용히 나를 부축했다.

비로소 눈에서 눈물이 흐르기 시작했다.

나는 두 손으로 얼굴을 감싼 채 간신히 물었다.

"어떻게… 죽었나요, 엄마는?"

경찰이 말했다.

"우리가 찾던 보험사기 연쇄살인범을 쫓다가 발견되었습니다. 우리가 시체를 발견했을 때와 박현주 씨 지인분이 어머님을 찾으려 신원 미상 사체를 찾던 때가 마침 시기가 맞아서 빠른 확인이 가능했습니다."

믿을 수 없는 말에 나는 당황해 물었다.

"연쇄…살인범이라니요?"

"피해자에게 생명 보험에 가입시켜 놓고 자신을 보험금 수익자로 지정해둔 뒤에 살인을 저질러 수익금을 챙겨온 연쇄살인범이 있었습니다. 바로 그 연쇄살인범 이경섭을 쫓고 있었거든요. 놈의 연쇄살인 행각이 오랜 시간 들키지 않을 수 있었던 건, 놈이 항상 보험금 수령액이 크지 않은 저가 보험에만 가입했었고, 행려병자나 다름없는 그런 사람들만 대상으로 범죄를 계속 저지른 데다, 한동안 긴 냉각기를 가졌었거든요. 그 냉각기 동안 여자와 동거 생활을 했고, 끝내는 그 여자에게도 살인을 저질렀지만 말이에요."

나는 납득할 수 없어 다시 물었다.

"그 동거했다는 여자가… 우리 엄마인가요?"

"…네."

나는 울음을 삼켰다. 그럼에도 울분은 가시지 않았다. 내가 한심한 무지렁이라고 본 인간이 연쇄살인범이었고, 그 연쇄살인범이 내 엄마를 죽이고도 자신이 죽는 그날까지 나에게 아무런 말도 하지 않은 것이었다. 감쪽같이, 마치 그런 일이 세상에 없었다는 듯이 말이다. 모든 진실을 알게 된 지금이 나에게는 너무나 비현실 같았다. 언뜻 상상이 되질 않았다. 납득하기 힘들었다. 항상 기운 없어 보이던 얼굴, 남의 눈치 보기 바쁘던 겁 많은 눈동자, 한참 어린 여자애가 자기를 무시해도 허허실실 속없이 웃으며 일언반구도 잘 못하던 허수아비 같던 남루한 인간…. 그래서 누구에게든 쉽게 무시당했던 나약하고 무능한 그 아저씨가 사실은 사람을 죽여 생명 보험금을 타 내고, 내 엄마까지 죽였다는 게 아무리 애써봐도 상상이 되질 않았다. 그렇게 엄마를 죽여놓고 내 앞에서는 잔뜩 불쌍해 보이는 얼굴을 하고 엄마에게 새로운 남자가 생겼다고, 자신은 버려졌다고 했던 그 가증스러운 얼굴과 거짓말.

나는 도저히 용서할 수 없었다. 더 견딜 수 없는 건 그 용서할 수 없는 작자가 이미 세상을 떠난 뒤라는 거였다.

경찰이 계속해서 말을 이었다.

"정확한 사인은 목 졸림에 의한 액사입니다. 살해당한 직후에 강물에 빠뜨려진 거죠. 범인은… 그러니까 신정숙 씨를 살해한 이경섭은 신정숙 씨를 목 졸라 살해한 후에 해선강에 빠뜨렸습니다. 살인이 일어난 지 얼마 되지 않아 마침 장마가 있었고, 해선강 수심이 깊어진 데다 이경섭이 철저하게 사건을 은폐하기 위해서 신정숙 씨 발에 무거운 돌덩이를 묶어 강 한가운데에 내던져 시체가 오랜 시간 발견되지 않았던 겁니다. 신정숙 씨 발에 묶인 무거운 돌이 강바닥 암석에 끼인 채로 오랜 시간 있었던 탓에 여태 신정숙 씨 시체가 떠오르지 않았던 거죠. 그러다 올여름 기록적인 폭우로 강물이 불은 데다 삭은 밧줄이 끊어져, 범람한 강물과 함께 시신이 댐으로 휩쓸려온 거고요."

엄마는 오랜 시간 깊은 강물 속에 수장당한 채로 묶여있었다. 그런데도 난 엄마가 날 오물 같은 세상에 날 버려두고 갔다고 원망했다. 엄마는 살해당했다. 가족인 나도 모른 채 가족이 아닌 사람에게 살해당한 엄마가 오랜 세월이 흘러 눈 둘 곳 없는 시체의 모습으로 내 눈앞에 나타난 것이었다.

∞

그 이후의 일은 기억이 잘 나지 않는다. 안치실에 있는 것이 버겁기 시작하더니 머릿속이 어지러웠고 간신히 안치실에서 나오고 나서도 나는 제대로 걸을 수 없어 종욱 선배의 부축을 받아야 했다. 그 뒤로 기억나는 건 오피스텔로 돌아와 쓰러지다시피 침대에 누워 잠을 잤다는 것이다. 잠에서 깨어난 뒤에도 한동안 나는 몸을 일으킬 수 없었다.

간신히 정신을 차렸을 때는 밤 10시가 넘은 시간이었다. 눈물은 나오지 않았지만, 목 어딘가에서 자꾸만 잔울음 같은 게 새어 나왔다. 숨을 쉬고 싶었다. 그래서 석현 씨에게 전화를 걸었지만 석현 씨는 전화를 받지 않았다. 자는 건가, 하는 생각이 들었지만 보통 석현 씨는 이 시간에 잠을 자지 않는다. 석현 씨는 늘 새벽 1시까지 운동을 한 뒤에 잠을 잤다.

나는 석현 씨에게 언제든 연락 달라는 메시지를 보냈다. 하지만 석현 씨는 답장을 보내기는커녕, 내가 보낸 문자를 읽지도 않았다. 그래도 무언가 사정이 있겠지, 나중에 연락이 오겠지, 하고 애써 나 자신을 달랬다. 마음 한구석이 텅 비어버린 것처럼 허전했다.

사실 달라진 건 하나뿐이었다. 엄마의 죽음이 부정할 수 없는 현실이 되었다는 것. 그런데도 세상은 전혀 다른 모습이 되어 있었다. 모든 것이 낯설고 멀게 느껴졌다. 숨은 쉬고 있지만, 이곳이 내가 알던 세상이 맞는지 의심스러웠다.

내가 무시하고 경멸했던 남자가 사실은 보험금을 노린 연쇄살인범이었다. 그리고 그 남자가 내 엄마를 죽였다. 아무리 되새겨도 믿어지지 않았다. 기억 속의 그는 힘없고, 우유부단하며, 쉽게 무안해하는 그런 무능한 인간이었다. 한심해서, 불쌍해서, 아예 신경 쓸 필요조차 없는 사람이었다. 그런데 그런 사람이, 그렇게 아무렇지도 않게 살인을 저지르고, 또 그걸 감추기 위해 치밀하게 일을 꾸밀 줄 아는 인간이었다는 게 믿어지지 않았다.

'그 인간에게 그런 철두철미함이 있을 리가 없어….'

그랬다. 내 생각엔, 내 생각엔 적어도… 그 남자에게 그런 철두철미함이란 게 있을 수 없다. 그러면 그때 그 작자가 교통사고로 다쳐서 입원했던 건 무엇이었단 말인가. 유미 엄마가 나타났다는 얘기는 또 무엇이었고? 더 이해가 가지 않는 건 유미였다. 유미는 자기 아버지가 연쇄살인범이란 걸 알았을까? 알았겠지. 모를 리가 없으니까. 자기 아버지가 살인을, 그것도 여러 번 했는데 딸인 유미가 과연 모를 수가 있을까? 그렇다면 알면서도 그랬다는 거다. 어떻게 알면서 그럴 수 있지? 알았다는 건 내 엄마의 죽음에 대해서도 알았다는 게 아닌가? 내 엄마가 자기 아버지에 의해 살해당했다는 걸 알면서도 나에게 위로를 할 수 있었던 건가? 하지만… 그때 날 위로하던 유미의 표정은 진짜였다. 도무지 어떤 게 어떤 건지 종잡을 수가 없었다. 무엇보다 유미가 이해되지 않았다.

얼마 전 걸려 온 유미의 전화를 떠올렸다. 유미는 당당하고도 가시 돋친 목소리로 내게 말하지 않았던가. 자기 아버지가 연쇄살인범인데도, 살인자의 아버지를 두고서 어떻게 그렇게 내게 말할 수 있었을까. 어떻게 그렇게 자신감에 차고 당당하게 말할 수 있었을까. 유미는 원래 그럴 수 있는 애가 아니었는데….

유미에게 확인해야 했다. 이경섭, 그 작자는 이미 죽었다. 그것도 요양원에서 편안하게 죽었다. 그 작자가 내 엄마를 죽인 걸 알았더라면 결코 그렇게 편안하게 보내지는 않았을 것이다. 그자가 죽기 전에 내가 먼저 죽였을 것이다.

난 유미에게서 제대로 된 진실을 들어야 했다. 분명 유미는 내가 모르는 걸 알고 있다. 유미는 내 엄마를 죽인 공범이다. 살인자 아비 이경섭과 한패일지도 모르고, 한패까지는 아니더라도 어떤 식으로든 자기 아버지의 범죄를 도왔을

게 아닌가. 적어도 오랜 시간 제 아비의 죄를 숨겨준 건 분명하다. 다 알고 있었으면서 내게 말을 안 해준 것도, 그날에 갑자기 전화를 걸어왔을 때도 가장 먼저 털어놔야 했을 자기 아버지의 죄에 관해서는 얘기하지 않은 것도⋯ 모두 유미가 수상쩍은 공범이라는 증거다.

나는 지난 시간 가질 필요도 없었던 죄책감이라는 덫에 걸려 괜한 에너지를 쓰며 살았다. 그게 몹시 후회되었다. 나는 피해자였다. 피해자인 내가 살인자 부녀에게 속아 내 시간과 감정을 빼앗겼다는 게 참을 수가 없었다. 유미를 찾아야 했다. 유미가 내게 걸어온 전화번호가 유미의 진짜 번호일 리가 없다는 건 알았지만, 유미를 어떻게든 찾아야 했다. 나로선 지푸라기라도 잡아야 했다. 유미의 번호를 추적해서라도 나는 유미를 만나야 했다.

날이 밝자마자 어제 함께했던 형사에게 유미의 존재와 연락처를 알려 도움을 청했다. 예상했던 대로 그 번호는 유미의 진짜 핸드폰 번호가 아니었다. 경찰은 내게 실소유자가 없는 번호라고 말했다.

─대포폰이네요. 이미 유심 제거하고 버려졌는지 기지국에도 신호가 잡히지 않습니다.

"…그래요?"

실망한 나에게 담당 형사가 말을 이었다.

― 그래도 완전히 수확이 없는 건 아닙니다. 박현주 씨가 한 번 확인할 게 있어요.

"그게 뭔데요?"

― 대포폰 개통에 사용된 신원을 추적했는데, 노숙자의 명의를 도용한 것으로 보입니다. 우리가 그 노숙자를 찾아가 확인했더니 신원을 사 간 사람이 맡긴 게 있다고 하더군요. 이상한 점이… 그 사람이 노숙자에게 '이걸 경찰한테 넘기지 말고 박현주라는 여자가 직접 왔을 때만 전해주라'라고 했답니다.

"…저한테요?"

"네. 받아보시고, 수사에 도움이 될 만한 게 있으면 알려주세요."

형사의 태도는 다소 미온적이었다. 그럴 만도 했다. 직접적인 살해 혐의가 있는 이경섭은 이미 사망해 공소권 없음으로 사건이 종결되었고, 유미가 범행에 가담했는지조차 불확실한 상태였다. 게다가 당시 유미는 미성년자였다. 이 때문에 형사가 적극적으로 수사에 나서지 않는 것도 이해되지 않는 건 아니었다.

그럼에도 혹시 모를 가능성을 생각하며 나는 유미가 내게 남겼다는 걸 받기 위해 노숙자를 찾으러 갔다.

서울역 근처에서 그를 만날 수 있었다. 그는 퀴퀴한 냄새를 풍기며 나를 경계했다. 나는 그에게 먹을 것을 건네며 마음을 열어보려 했다. 충분한 음식이 쥐어지자, 노숙자는 그제야 조금 누그러진 듯 보였다.

"유미가 맡겼다는 걸 받으러 왔어요."

노숙자는 거만한 말투로 말했다.

"확인 먼저 해야겠지?"

그는 닦지 않아 누렇게 변한 치아 사이로 미소 지으며 말했다.

내가 그의 말을 곧바로 이해하지 못하자 노숙자는 짜증스럽게 덧붙였다.

"그거 있잖아, 지갑에 넣고 다니는…."

나는 그제야 불결한 노숙자에게 내 신분증을 보여주었다. 노숙자의 까맣고 두툼한 엄지손가락이 신분증에 닿으려 하자 나는 재빨리 신분증을 뒤로 빼며 만지지 못하게 했다. 노숙자는 그게 거슬렸는지 입꼬리를 씰룩거리는가 싶더니 앞섶에서 종이 쪼가리를 꺼냈다. 종이 쪼가리에는 내 생년월일이 적혀 있었는데, 노숙자는 내 신분증과 종이 쪼가리를 번갈아 보며 확인하고는 종이 쪼가리를 도로 앞섶에 집어넣으며 말했다.

"맞네, 본인. 그럼 전해줘야지."

말을 마친 노숙자는 입고 있는 옷 안쪽에서 하얀 편지 봉투를 꺼냈다. 봉투 안에는 편지지가 담겨 있었다. 나는 그것을 받으며 노숙자에게 물었다.

"이걸⋯ 박현주라는 여자가 찾아오면 전해주라고 맡겼다고요?"

"그렇수. 난 이제 할 거 다 했으니까 더 이상 찾아오지 마쇼. 저번에 경찰이 찾아왔을 때는 속으로 어찌나 쫄리던지. 이럴 거면 처음부터 일을 덥석 물지 말걸 했다가도, 그때 받았던 돈이 워낙에 짭짤해서 말이야. 뭐, 생각해 보니 후회는 없수다. 이제 내 할 거 다 했으니 더 이상 찾아오지 마쇼."

거렁뱅이 같던 노숙자는 그대로 어기적어기적 걸으며 다른 노숙자들 무리에 섞였고, 나는 더러운 노숙자가 빨리 떠나준 게 차라리 고마울 지경이었다. 나는 근처 쓰레기통에 노숙자가 만진 봉투는 버리고, 안에 든 편지 뭉치만 쥔 채로 차 안에 탔다. 그리고 차 안에 앉은 채로 유미가 내게 쓴 편지를 천천히 읽기 시작했다. 그 안에는 믿을 수 없는 내용들이 빼곡히 적혀 있었다.

VII

마병장수 남자의 시험

「언니, 잘 지냈어? 라는 말이 하고픈데, 언니가 이 편지를 읽을 때쯤 언니는 결코 잘 지내고 있을 수 없을 테니 차라리 묻지 않는 편이 낫겠네. 언니가 이 편지를 다 읽었을 즈음엔 더더욱 잘 지내지 못하게 될 테지. 지금부터 언니가 읽게 될 건, 언니를 불편하게 만들 진실이니까 말이야.

 하지만 분명히 말해둘게. 내게는 언니를 괴롭게 할 의도가 없어. 언니는 그렇게 생각하지 않겠지만 내게는 죄가 없어. 언니가 나에게 죽으라고 보낸 장소에서 내가 죽지 않고 살아 있다고 해서 내가 죄인인 게 아닌 것처럼, 내 아버지가 살인자라고 해서 나도 죄인인 건 아니잖아. 언니도 알잖아. 부모가 자식을 선택할 수 없듯이 자식 또한 부모를 선택할 수 없다는 걸. 나에겐 그게 참 고통스러운 일이었어. 왜냐하면 이젠 언니도 알다시피 내 아버지는 사람 목숨을 돈으로 바꾸는 게 아무렇지 않은 연쇄살인마였으니까.

언니는 연쇄살인마의 자식이 어떨 거라고 생각해? 언니, 나랑 살면서 단 한 번이라도 내가 연쇄살인마의 딸이라고 상상해 본 적 없지? 참 이상하지 않아? 지금은 소름 돋는, 나란 사람이 언니 엄마도 죽인 살인자의 딸이라는 걸 그때 언니는 왜 조금도 상상하지 못했을까? 그때 나의 아버지는 이미 여러 명의 숨통을 끊어놓은 뒤였는데 말이야···.

그래도 나는 분명히 말해두고 싶어. 나와 내 아버지는 전혀 다른 사람이라고···. 내 아버지는 사냥꾼이었지만, 나는 어디까지나 어쩔 수 없이 내 아버지를 지켜봐야 하는 망꾼에 불과했으니까. 그래서였나 봐, 내가 애정결핍이었던 건···.

나는 언니를 만나기 전까지 세상에 사랑하고 싶은 사람이 없었어. 날 낳아준 어머니에 대해서는 기억나는 게 없어. 언니가 서원시를 떠나기 전에, 그러니까 언니가 대학을 가기 위해 기꺼이 아버지가 언니에게 맡긴 현금카드를 훔치기로 했던 날, 아버지가 언니에게 어떤 거짓말을 했는지 내게 얘기해준 적이 있었어. 언니에게 내 어머니가 나타났다고 했었다며? 하지만 그건 사실이 아니야. 그건 아버지가 언니로 하여금 죄를 짓게 하려고 지어낸 새빨간 거짓말에 불과했어.

이제 좀 감이 와? 그래. 속은 건 내 아버지가 아니라 바로 언니였어. 언니는 내 아버지가 왜 언니에게 500만 원이 든 현금카드를 맡겼다고 생각해? 나에게 아카데미에 등록시키려 했다는 눈물 나는 부성애는 싹 지워내고서 생각해 봐. 그러면 뭐가 남아? 뭐가 보여? 내 아버지가 언니에게 현금카드를 주면서 한 말은 모두 거짓말이라는 걸 염두에 두고 또 생각해 봐. 그럼 남는 건 뭐야? 혹시 언니를 보는 내 아버지의 눈빛이 평소와 다르게 유난히 희번덕거리지는 않았어? 그날에 내 아버지가 언니에게 지었던 표정은 보지 못했지만, 그럴 때 내 아버지가 짓는 표정을 나는 잘 알고 있어. 그 표정은 아버지가 사람을 시험에 들게 할 때 짓는 표정이거든. 나는 그 표정을 보며 자라왔어.

내 아버지가 연쇄살인마인 건… 내 아버지에게 억누를 수 없는 살인 충동이 있어서가 절대로 아니야. 단지 아버지에게는 돈이 필요했던 거야. 아버지는 사람의 목숨을 기꺼이 돈으로 바꿀 수 있는 사람이었던 거고. 아버지가 오랜 시간 사람의 목숨을 돈으로 바꾸는 일을 들키지 않고 계속할 수 있었던 건 아버지가 '마병장수'였기 때문에 그랬어.

언니 혹시 마병장수라는 말을 알아? 그 말을 나는 어린 시절에 들었는데, 아버지가 보험 살인으로 돈을 타고 거하게 술판을 벌이던 날, 아버지 일을 돕는 보험 설계사 삼촌이 아버지와 자신을 가리켜 '마병장수'라고 했어. 마병장수….

아버지는 빈 병처럼 버려진 사람들에게만 다가가 가족인 것처럼 굴고 보험에 들게 하고는 살인을 저질렀어. 수익자는 항상 자신으로 해두었었지. 아버지와 아버지의 일을 돕던 삼촌은 자신들의 일을 별거 아니라고 했어.

"괜찮아, 유미야. 이건 죄가 아니야. 그저 아무도 주워가지 않는, 누군가 내다 버린 빈 병을 처리한 것뿐이야. 누군가는 거리를 떠도는 빈 병을 수거하고 처리해야 하지 않겠니? 세상에 아무도 필요로 하지 않는 쓸모없는 빈 병을 돈으로 바꿔 가는 사람이 있어야, 거리에 나뒹구는 빈 병이 사라져 거리는 깨끗해지고 우리는 돈을 벌고…, 일석이조 아니겠니?"

이 말은 내가 여덟 살 때 실수로 아버지가 내게 살인을 들키고 한 말이었어. 그날 나는 트럭에서 잠이 들었는데, 아버지는 언덕 위의 수풀가에서 알고 지내던 빈 병 하나의 숨통을 깨뜨리고 있었어. 나는 그 모습을 보고 다시는 아버지란 사람을 좋아할 수 없게 되었어. 뒤늦게 날 발견한 아버지는 나를 안아주며 괜찮다고, 아무 일 아니라고 했지만, 그건 내가 이해할 수 없는 말들이었어. 하지만 그 말들을 나는 기억할 수밖에 없었어. 그건 어린 내게 너무나 충격적인 말들이었거든."

아버지는 항상 가족에게서 버려지고, 내일 당장 사라져도 아무도 찾지 않을 그런 사람만 찾아다녔어. 무슨 일이 일어나고, 무슨 짓을 저질러도 뒤탈이 없을 것 같은 그런 사람들. 세상에는 그런 사람들이 넘쳐난다고 아버지는 말했었지.

"유미야, 세상에는 갈 곳 없는 빈 병들이 아주 많단다. 모두가 관심 두고 지켜보지 않아서 그렇지, 관심을 두고 보면 그런 사람들이 아주 눈에 잘 보인단다. 바로 저 사람, 저 아저씨…. 저 아저씨는 틀림없이 가족에게서 버려졌을 거야. 하루 벌어 하루 먹고 살아야 하는데 그마저도 시원찮아서 일 나가서도 내쫓기는 저런 인생을 말이야, 우리는 그걸 빈 병이라 부른단다."

아버지는 그런 사람에게 친한 척 다가가는 법을 아주 잘 알았어. 아버지는 그런 사람들은 외로워서 조금만 잘해줘도 가까운 사이가 되는 게 아주 쉽다고 했어. 아버지는 내게 말했었지.

"유미야, 사람이 제일 두려워해야 하는 게 뭐라고 생각하니? 그건 바로 외로움이란다. 무서운 사람이라도 곁에 들이는 게 바로 그 외로움이거든. 외로움을 가장 잘 느끼는 사람이 나 같은 사람에게 잡아먹히는 거란다. 그러니까 너는 절대로 남들에게 쉽게 네 외로움을 들키지 않아야 한다. 이 아버지는 외로움을 느끼지 않는 체질을 가지고 타고났는데, 넌 그렇지가 않아서 걱정이구나."

아버지는 그렇게 말했지만 정작 내 외로움을 크게 만든 건 아버지였어. 아버지와 살면서 나는 마음의 문을 아예 닫아버렸고, 닫힌 마음속에서는 결핍의 곰팡이가 자라는 게 더 쉬운 법이거든. 아버지 말대로 내가 아버지처럼 외로움도, 인간적인 감정도 느끼지 못하는 사람이었더라면 괜찮았을지도 모르지만. 난 아버지와 같지 못해 늘 외로웠고, 그러다 언니를 만났어. 햇살 같은 언니를.

어느 날 아버지는 새로운 삶을 살겠다고 했어. 말로는 내가 중학생이 된 후부터 좋은 아버지로 살고 싶어졌다고 했지만, 사실 그 무렵 아버지는 같이 일하던 보험 설계사 삼촌과 돈 문제로 사이가 틀어져 술김에 싸우다가 삼촌을 죽이고 말았거든. 그렇게 파국이 나고, 삼촌의 시체를 간신히 수습한 뒤에 아버지는 새로운 삶을 살겠다고 한 거야. 새로운 삶을 살겠다던 아버지의 말이 내게 얼마나 끔찍했는지 언니는 모를 거야. 삼촌을 살해한 아버지는 비 오는 날 트럭 하나를 몰고 나와 함께 정처 없이 떠돌다 언니가 사는 서원시로 가게 됐어. 원래 우리가 살던 곳에서 아주 멀리 떨어진 곳으로 간 거였지.

서원시에 가고부터 아버지는 자신이 폐기 처분하던 빈 병으로 살았어. 무능하지만 착한 사람, 가진 것 없이 착하기만 한 사람처럼. 그러다 언니 엄마를 만난 거야. 마침 빈 병 같은 사람에게 끌리게 된 언니 엄마가 빈 병의 삶을 흉내 내기로 한 내 아버지를 만난 건 지독한 악연이어서였을까? 언니는 항상 내 아버지를 혐오하듯 바라봤지. 언니는 비밀 블로그에 내 아버지를 '자존심도 없는 인간'이라고 썼지만, 내 아버지는 자존심이 없는 게 아니었어. 아버지에겐 그냥 언니가 안중에도 없었던 거야. 단지 그뿐이야.

속으로는 괘씸하게 여겼겠지. 그렇다고 해서 걱정하지는 마. 내 아버지가 언니 엄마를 죽인 일에 언니 탓은 전혀 없으니까. 내 아버지는 단지 돈이 필요했을 뿐이었어. 거기다 언니 엄마가 전보다 아버지를 소홀히 대하기도 했고, 언제

나가야 할지 모르는 더부살이의 삶을 그만 끝내고 싶었던 아버지는 그저 자신이 늘 해오고, 할 수 있는 걸 했던 거였지. 아버지는 그 집에서 나와 단둘이 살고 싶어 했거든.

아버지가 언니에게 내민 500만 원짜리 현금카드는 말이야…, 언니에게 서원시를 탈출하게 해줄 티켓이었던 게 아니라 언니에게 던진 미끼였어. 언니가 그 돈을 갖고 달아나야 내 아버지가 언니 엄마의 집과 재산을 마음대로 가질 수가 있었으니까 말이야.

그때 언니 엄마가 죽었다는 사실을 아는 건 내 아버지 하나였어. 언니 엄마가 영원히 집으로 돌아오지 않을 거라는 걸, 그래서 집과 통장에 들어 있는 재산을 가지러 올 사람이 없다는 걸 아는 것도 내 아버지 하나였어. 아버지는 계산을 하나 더 해두었지. 시체를 영원히 못 찾게 해두면, 당장 생명 보험금을 받지는 못해도 실종에서 사망 처리까지의 기간의 세월만 흐르면 그때는 보험금을 수령할 수 있다는 걸 말이야. 물론 언니 엄마는 자기 생명 보험금의 수령자로 내 아버지를 지정한 게 아니었어. 언니 엄마의 생명 보험금 수령자는 바로 언니였지. 하지만 보험 설계하던 사람과 오랜 기간 동업을 하며 꼼수를 익힌 아버지는 언니 엄마의 실종 신고를 하기 전에 수령자를 자기 이름으로 바꿔놓았어. 그리고 실종 신고를 했지. 어차피 언니가 현실을 받아들여 실종 신고를 하기까지는 시간이 걸릴 거란 걸 내 아버지는 알고 있었으니까. 언니는 언니 엄마가 사망자 처리가 된 후에도 그 보험의 존재를 몰랐겠지. 아버지가 알아서 보험금을 탄 뒤 사라졌으니까. 언니는 내 아버지가 줄곧 언니가 알아봐 준 요양원에서 지내다 죽은 줄 알았겠지만…, 아니야. 언니 엄마가 사망 처리가 되고 사망 보험금을 타고 삶을 즐기다 갔어. 요양원에는 누군가 찾아오면 죽었다고 말하라고 해놓고 마지막 보험 살인으로 타낸 수령금으로 마음껏 말년을 즐기다 떠났지. 난 그런 아버지와 직접 만나지는 않았지만 친자식이라는 이유로 어쩔 수 없이 소식을 듣게 될 때가 있었어. 하지만 맹세코 난 그런 아버지의 편이 되었던 적이 없었어. 난 오히려 언니를 안타깝게 여겼지. 아버지가 언니에게 언니 엄마가 작정한 것처럼 돈이 될 만한 건 모두 가져갔다고 했지만 사실은 아니었어. 아버지는 언니 엄마의 모든 것을 훔쳤고, 그중에는 언니 앞으로 들어둔 적금도 있었어. 언니가 대학에 입학할 때 쓰려던 적금에는 적어도 언니가 대학 입학금으로 쓰고도 남을 돈이 있었어. 내 아버지는 그걸 비롯한 언니 엄마의 모든 걸 다 갖고, 적금통장에 있던 돈 중에서 500만 원을 빼내 언니로 하여금 다시는 자신을 찾지 못하게, 서원시를 찾지 못하게 만들 미끼로 쓴 거야. 언니는 내 아버지의 미끼를 물었고, 언니의 욕심 덕에 내 아버지의 탐욕은 덮어질 수 있었던 거야. 내 아버지가 죽는 그날까지.

이제 알겠어? 언니의 작은 욕심이 내 아버지의 탐욕에 당한 거야. 그렇다고 해서 언니가 죄인이 아니라 말할 수 있을까? 언니가 죄인이 아니었더라면, 죄인이 되지 않았더라면, 내 아버지의 큰 덫에 걸리는 일도 없지 않았을까? 왜냐하면… 나는 충분히 언니에게 언니가 욕심의 구렁텅이에 빠지지 않도록 진실을 말해줄 수 있는 사람이었으니까. 언니가 나를 죽은 사람으로 만들어놓지만 않았더라면 난 언니가 더 큰 고통 속에 빠지는 건 막아줄 수 있었을 거야. 왜냐면 나는 내 아버지가 저지른 죄에 죄책감을 느끼는 유일한 사람이었으니까.

언니는 의붓동생에게 가야 할 돈을 가로채 달아났고, 또 그러기 위해 의붓동생의 죽음을 외면한 채 살아온 짐을 여태껏 마음 한구석에 가지고 살았겠지. 그리고 오랜 시간 언니 엄마-이미 죽은-가 살아 있을지 모른다는 헛된 희망을 품고 살다 그게 아니었다는 사실에 갑작스러운 충격을 받게 된 거야. 하지만 이 모든 것들에 언니의 이기심과 욕심이 있었어. 언니의 이기심과 욕망이 내 아버지의 탐욕에 이용당했던 것이지. 언니가 기회라 여기고 기꺼이 내 아버지가 건넨 현금카드를 쥐었을 때 미소 지은 사람은 다름 아닌 내 아버지였어. 그 덕에 언니가 가질 수 있었던 모든 것을 앗아갈 기회를 얻었으니까. 이쯤에서 묻고 싶은 게 있어. 진짜 기회를 가진 건 누구이고, 진짜 기회를 준 사람은 누구일까 하는 것이야.

맹세하건대 나는 언니를 속인 적이 없었어. 그건 지금도 마찬가지야. 나는 정말 언니가 좋았고, 언니 마음에 드는 동생이고 싶었어. 그러나 언니에게 나는 싫은 사람이자, 놀리고, 속이고, 갖고 놀면 재미있는 그런 장난감이었지. 나는 언니에게 싫은 사람이 되는 게 두려워서, 언니가 나를 싫어할까 봐, 언니가 나를 기만하고 놀려도 웃으며 기다리고 기대했던 거였어. 내가 언니를 좋아하는 만큼 언젠가 언니도 나를 좋아해 주기를. 그도 아니면 내가 좋아하는 마음을 언니가 알아주고 나에게 따뜻하게 대해주기를 바랐어. 나는… 나만 잘하면 된다고 생각했어. 내가 열심히 언니 마음에 들게 노력하면 언니가 나를 좋아하게 될 거라고 계속 희망을 품었어. 그게 헛된 희망인지를 모르고. 내가 노력하면 달라질 줄 알았어. 하지만 언니라는 세상은 결코 변하는 일이 없었지.

언니는 내가 처음으로 동경하고 사랑한 사람이었어. 하지만 언니에게 나는 그저 귀찮은 애일 뿐이었지. 언니가 날 버리고 서원시를 떠났을 때 언니에게 나는 죽어도 상관없는, 아니, 차라리 죽어주는 편이 더 깔끔한 그런 사람이라는 걸 깨닫고 나서야 나는 알게 됐어.

그전까지 나는 줄곧 언니가 싫어하는 사람이 되기 싫어서 차라리 언니가 속이고 놀려먹는 애가 되곤 했었지. 언니가 내게 억새를 갈대라고 말하며 골리는 그런 일들이 언니와 나 사이에는 참 많았어. 언니는 그저 내가 잘 속는 걸 재밌어했고, 언니는 자신이 했던 말들도 언제 그랬냐는 듯 손바닥 뒤집듯 바꾸면서 나를 기만하고는 재밌다는 듯이 웃곤 했지. 언니에게 나는 마음껏 놀려먹어도 괜찮은 사람이었어. 어리석게도 나는 그렇게라도 언니를 웃게 해주는 게 언니가 나를 좋아하는 길로 가게 해줄 줄 알았어. 하지만 아니었지. 언니는 그 길로 나를 데려갈 생각이 전혀 없었으니까. 그 길이란 애초에 존재하지 않았던 거야.

그랬어. 나에게 선택권은 없었던 거야. 나는 언니가 내게 진실하지 않고 그 기만적인 웃음을 터뜨리는 걸 참고 견디면 언니가 나를 싫어하지 않게 될 거로 생각했었는데 애초에 그 둘은 하나였던 거야. 언니는 날 싫어하면서 기만했어. 싫어했기 때문에 기만했고, 실컷 기만해놓고서도 성에 안 찼는지 나를 한껏 싫어했지. 나는 그런 언니를 바라보며 안절부절못했던 거였고…. 애초에 내가 할 수 있는 일은 없었어. 그걸 몰랐기 때문에 나는 마지막까지 언니에게 상처받아야 했던 게 아닐까?

오해할까 봐 말해주는 건데, 언니 엄마가 집에 들어오지 않았을 때 언니를 위로했던 건 내 진심이었어. 그때 난 언니 엄마가 살해당한 줄 몰랐거든. 내가 언니 엄마가 내 아버지에게 살해당했다는 걸 알게 된 건 언니가 서원시를 떠난 후였어. 그날, 퍼펙트 호프에 화재 사고가 있던 날, 언니에게 보낸 문자에 답이 없고 집으로 돌아와 보니 언니 물건이 사라진 걸 보고서, 밤늦게까지 돌아오지 않는 언니가 날 버리고 떠났다는 걸 깨달았어. 언니가 날 얼마나 싫어했던 걸까, 얼마나 싫었기에 내게 이렇게까지 한 걸까…. 계속된 상상은 날 힘들게 했고, 그날 나는 한숨도 자지 못했어. 다음 날 아침이 되어서 아버지가 입원한 병원을 찾았는데, 아버지는 슬퍼하는 내게 이렇게 말했어.

"너무 슬퍼하지 마라. 걔는 훗날 업보를 받을 거란다. 그리고 이렇게 네가 살아 있는 이상 우리가 손해 본 건 없단다."

그날 알게 됐어. 내 아버지가 언니 엄마에게 무슨 짓을 했는지를. 그 후로 나는 다시는 아버지를 직접 만나는 일이 없었어. 아주 가끔 어쩌다 연락을 받게 되는 일은 있었어도 아버지의 얼굴을 다시 보지는 않았어. 아버지의 얼굴을 보고 아무렇지 않을 자신이 없었거든.

편지는 이만 줄일게. 그런데 한 가지 얘기해주고 싶은 게 있어. 세상 사람들이 다 '어린 유미'와 같지 않다는 걸 알아주었으면 좋겠어. 내 아버지처럼 파렴치한까지는 아니더라도 언니가 생각하는 게 세상의 전부는 아니라는 걸 알아줬으면 좋겠어. 세상도, 사람도 전부 다… 언니가 생각하는 범위를 벗어나 있다는 걸…. 나는 언니 덕에 일찍 깨우쳤지만, 내가 보기에 언니는 이제 시작일 것 같네.

                      - 언니의 동생이 되고 싶었던
                      유미가 -」

편지는 이렇게 끝이 나 있었다. 편지를 읽는 동안 단 한순간도 진정할 수 없었다. 한 가지는 확실했다. 유미는 이 편지에서 거짓말을 하지 않았다. 그래서 더 마음속 불쾌감이 가라앉지 않았다. 유미가 나에게 이런 식으로 말한다는 걸 받아들일 수 없었기 때문이다. 지난번 통화에서도, 이 편지에서도 유미는 너무 당돌했다. 내가 아는 유미는 절대로 이럴 애가 아니었다. 늘 소심하고 겁이 많은, 그리고 사랑받고 싶어서 사람 비위 맞춰주는 게 너무나 당연한, 쉽고 만만한 애정결핍의 아이… 대책 없는 미미 공주. 잘못이 없어도 내 기분을 풀리게 하기 위해서라면 얼마든지 자기가 잘못했다고 눈물이 그렁그렁한 눈으로 나를 보던 그 자존심 없던 애…. 언젠가 내가 자기를 친동생처럼 예뻐하고 좋아하게 될 거라고 철석같이 기대하고서는 해사한 눈웃음을 짓던 순진하기 짝이 없던 멍청한 애.

그런 애가 이젠 내 기분 따위는 상관없다는 듯이 굴고 있었다. 나란 사람을 가르치려 드는 것이었다. 그랬다. 감히 나를 가르치려 들었다. 그래 봐야 사람 같지 않은 살인자 아비를 둔 주제에, 자기는 그저 원치 않는 핏줄을 둔 것에 불과하다며 선을 그으며 내 마음에 금을 내었다. 내가 아무리 자기한테 잘못했다 한들, 그게 자기 아비가 내 엄마에게 한 살인에 비하지 못하는데, 수백… 수천 배의 잘못을 저지른 자기 아비랑 자기는 다르다고? 그날의 진실을 알게 되고 그 후로 다시는 자기 아비랑 만난 적도 없다고? 그게 중요할 리가 없잖아.

지금 이 편지에는 중요한 것이 빠져 있다. 중요한 것은 사과다, 사과. 나와 내 어머니에 대한 사과가 빠져 있다. 유미가 죽은 줄 알았을 때, 나는 그래도 유미를 죽게 한 것에 나는 그래도 너를 죽게 한 것에 일말의 미안함이라도 가졌었는데 유미는 아니었다. 거기에다 마지막 말은 나를 더욱 거슬리게 했다. 뭐? 세상 사람들이 전부 어린 시절의 너 같지 않다고? 내가 생각하는 게 세상의 전부가 아니고, 사람의 전부가 아니야?

살인자를 아비로 둔 미친년이 내게 훈계질한 것이 괘씸해서 견딜 수가 없었다. 자기와 내가 다르다는 걸 모르는 건가? 자기는 그런 인간 같지도 않은 쓰레기 같은 아버지에게서 자랐지만 나는 아니다. 내 인생은 지금까지도 유미 같은 거 하곤 달랐고 앞으로는 더 달라질 것이다. 아마 유미는 앞으로도 내가 어떤 삶을 살게 될지는 꿈에도 모를 것이다. 내가 앞으로 누구와 결혼하고 어떤 삶을 살게 될지 전혀 모르니까 이런 말을 할 수 있는 거다. 유미는 모른다. 자기는 구경도 못 해본 그런 삶을 나는 목전에 두고 있다는 걸 말이다. 원래도 달랐지만 이제는 완전히 다른 인생을 살 텐데, 세상 물정 모르는 뻔뻔한 년이 나에게 훈수질을 두는 것이다.

'우물 안 개구리'. 유미를 생각하자 우물 안 개구리라는 말이 떠올랐다. 이 말만큼 유미를 잘 설명할 말이 있을까. 유미는 모르는 거다. 내가 자기와 얼마나 다른 인생을 살고 있으며, 얼마나 더 다른 인생을 살게 될지 말이다. 유미에게 답장 하고픈 마음이 간절했지만 아쉽게도 유미에게 답장할 방법은 없었다. 정체를 숨긴 채 비겁한 짓을 하는 년을 무슨 수로 만난단 말인가. 나는 비릿한 기분을 삼키며 차에서 내려서 쓰레기통 앞에 섰다. 그러고는 유미의 편지가 마치 유미라도 되는 것처럼 상상하며 아주 잘게 찢어버렸다.

저녁내 차로 운전해 도착한 곳은 석현 씨의 아파트였다. 석현 씨에게 위로받고 싶었는데, 요즘 들어 석현 씨는 바쁜지 연락을 받지 않았다. 연락을 달라는 메시지를 보내도 석현 씨에게선 좀처럼 답이 오지 않았다. 그래서 야식을 사 들고 직접 찾아갔다. 오늘은 석현 씨를 확인해야 마음이 놓일 것 같았기 때문이다.

석현 씨 집 초인종을 누르는데도 안에서는 대답이 없었다. 전화를 걸어도 받지 않았다. 혹시 잠이 든 건가 싶어 문앞에 초밥을 두고 돌아서려는데, 아파트 복도를 걸어오는 석현 씨가 보였다. 석현 씨를 보고서 나는 적잖이 놀랐다. 잠들었다고 생각했는데, 여유롭게 산책을 다녀온 것 같은 모습이었다.

"석현 씨…."

당황한 내 얼굴을 보고 석현 씨는 어찌 된 영문인지 난감해하는 표정을 지었다. 그것은 내가 예상한 표정이 아니었다. 그 표정은 마치 보고 싶지 않은 상대를 마주쳤을 때 짓는 표정이었다. 한참 그렇게 서 있던 석현 씨가 안 되겠다는 표정을 짓더니 한숨을 쉬고는 말했다.

"나랑 얘기 좀 하자."

석현 씨가 나를 데리고 간 곳은 한 칵테일 바였다. 가게 안으로 들어서고부터 이상한 기분이 들었다. 석현 씨와 내가 칵테일 바에 들어가자, 바텐더가 석현 씨를 향해 눈인사를 건넸다. 바텐더는 석현 씨를 단골처럼 대했다. 석현 씨와 1년이 넘도록 사귀는 동안 석현 씨는 나를 이런 칵테일 바에 데려온 적이 없었다. 심지어 석현 씨가 이런 분위기의 바를 좋아하는지도 몰랐다.

나는 자리에 앉으며 말했다.

"여기에 자주 오나 봐? 석현 씨가 이런 데를 다니는지 몰랐는데…."

그러자 석현 씨는 무표정한 얼굴로 대답했다.

"네가 나에 대해 모르는 게 있을 수도 있으니까."

뭔가 찝찝하고 불편한 대답이었다. 본능적으로 못 들은 것처럼 하고 싶은 대답. 그래서였을까. 나는 석현 씨가 나에게 하려는 말이 불길한 말이라는 게 직감적으로 느껴졌다.

아니나 다를까. 석현 씨는 내게 이렇게 말했다.

"미안하다. 좀 더 일찍 내가 내 입으로 말해야 했는데…."

나는 떨리는 목소리로 물었다.

"무엇을… 말이야?"

그러자 석현 씨가 미간을 찌푸리며 말했다.

"우리 결혼 말이야…. 이젠 불가능한 일이 되어버렸어."

"어…째서?"

"나는 너랑 결혼하려고 했지. 네 고백을 듣고 나서도 내 마음은 달라진 게 없었거든. 그런데…."

그 사이 우리 앞에 칵테일이 나왔다. 나는 내 앞의 칵테일에 손도 대지 않았다. 석현 씨는 자기 앞에 놓인 칵테일을 한 모금 마시고는 말을 이었다.

"집에서 계속 반대를 해서 말이야."

"반…대?"

"그래. 넌 모르겠지만 며칠 새 우리 집에서 많은 일이 일어났어. 부모님이 너와의 결혼을 결사반대하셨어. 특히 어머니가 난리 치셨지. '내 눈에 흙이 들어오기 전엔 그런 며느리 못 본다.'라고, 드라마에나 나올 법한 말을 단호하게 하시는데, 도저히 설득할 재간이 없더라. 우리 어머니가 한 번 안 된다는 건 절대 안 되는 분이시거든. 난 내 나이 서른둘인 지금까지도 우리 어머니 고집을 꺾은 적이 단 한 번도 없어. 내가 명문대에 가고, 로스쿨 가고, 변호사가 된 것도 다 어머니 뜻이었어. 그래도 아버지가 조금이라도 편들어주면 어떻게든 해보려 했는데, 아버지도 안 된다고 하셔서, 이 결혼은 무리라는 결론을 내렸어. 내가 어떻게… 할 수가 없겠더라. 우리 부모님도 널 많이 이해해 보려고 노력하다가 결정하신 거야. 현주 네가 가난한 집 태생인 거, 우리랑 사는 차원이 다른 사람인 거 알고도 허락했는데…, 네가 어떻게 대학에 가게 됐는지까지 아시고는… 안 된다고 하신 거지."

"다… 말한 거야?"

"응? 응, 당연하지. 네가 그러라고 나에게 말한 거 아니었어? 우리 사이에 비밀이 없단 건 우리 집안과 네 집안 사이에 비밀이 없다는 걸 말하는 건데…. 그래야 네가 진짜 우리 식구, 우리 사람으로 허락받을 수 있는 게 되는 거지. 난 그런 걸 기대했어."

"뭘… 기대했다는 거야?"

심장이 내려앉은 지 오래였지만 간신히 입을 열어 물었다.

비참하게도 끝까지 남아 모든 얘기를 다 들어야 할 것 같았기 때문이었다. 고집스럽고도 미련하게 말이다. 그러자 석현 씨는 아무렇지 않다는 말투로 계속 말을 이었다.

"우리 아버지, 어머니가 그런 너를 며느리로 받아들이는 거 말이야. 난 어떻게든 너와 결혼하려고 했다니까. 그런데 실패한 거야. 실패하고 보니 그제야 정신이 들더라. 당연한 얘기라는 거."

"당연한… 얘기?"

"너도 알잖아. 세상에 다른 세계는 엄연히 존재한다는 거. 우리 어머니라는 사람은 자신과 관련된 건 모든 건 죄다 전시장에 내걸 만큼 빛나는 명품이어야 하는 분이야. 너, 그랬었지? 우리 어머니를 처음 본 게 여성지 인터뷰에서였다고. 거기에 실린 우리 가족 사진을 보고 근사해 보였었다고. 우리 어머니가 그런 분이셔. 우아하지만 깐깐한…. 나도 매번 우리 어머니 안목에 놀란다니까. 그렇지만 가끔은 인간미 없다고 느껴질 때가 있지. 흠집 있는 건 절대 못 견디시거든. 그게 물건이든 사람이든. 단순히 네가 가난하고 집안이 안 좋은 게 문제는 아니었어."

"그…럼?"

"그런 환경에서 살아온 사람의 몸과 마음이 건전할 리가 없다고 생각하시는 거지. 아주 고리타분한 생각이야. 난 절대 그렇게 생각 안 하는데…. 현주, 너와 같이 살아온 사람은 겉으로 보기에 제아무리 멀쩡하고 멋져 보여도 한계가 있다고 보신달까? 어머니가 이런 말씀을 하셨어. '석현아, 나쁜 환경에서 자란 사람은 벌레 먹은 사과와 같단다. 자세히 보지 않으면 모를 수 있어. 하지만 겉으로 보기에 아무리 훌륭해 보여도 그런 사과는 자세히 들여다보면 벌레 먹은 흔적이 반드시 나온단다. 그런 사과는 어쩌다 운이 좋아 품질 좋은 사과들 속에 섞여 들어가더라도 언젠가는 걸러질 수밖에 없는 날이 온단다. 그런 사과는 결국 썩은 사과야. 썩은 사람이고. 알고 보면 그런 사람이란 하나같이 속이 시꺼멓고 음침하다는 걸 네가 꼭 겪어봐야 하는 건 아니잖니?' 그런데 그 말을 듣고 보니까 정신이 번쩍 드는 거 있지? 연락 못 받은 건 미안해. 생각할 시간이 필요했어. 이렇게 밤중에 느닷없이 집에 찾아오는 너를 보고 확신하게 됐어. 아, 어머니 말씀이 틀린 게 아니구나. 넌 너무 감정적이야. 그리고 불안정하고 급작스러워. 난 너와의 미래가 도무지 그려지지 않아. 여기서 끝내자. 너와 결혼은 안 되겠다. 미안해."

말을 마친 석현 씨가 자리를 떠나자, 이루 말할 수 없는 비참함이 밀려왔다. 그 바람에 매달려야 하는 것도 잊고 그 자리에 넋을 놓고 앉아만 있었다.

 석현 씨가 내게 이별을 통보했을 때 인생이 끝이 난 것 같은 충격을 받았다. 지금 내 인생에 석현 씨마저 떠나버리면 남에겐 남는 게 하나도 없다. 정신병자에게 스토킹을 당하고, 억울하게 엄마를 잃은 내가 파혼까지 당해야 한단 건 있을 수 없는 일이었다.
 죽을 것 같은 시간을 보낸 뒤 나는 결심했다. 석현 씨와 이대로 헤어질 수 없다고…. 그러자 내가 노력하면 상황이 바뀔 수 있으리라는 희망적인 생각이 들었다.
 석현 씨가 내가 싫다는 게 아니지 않나? 내가 싫어서 파혼하자는 게 아니다. 석현 씨는 그저 어머니의 반대 때문에 나와 결혼을 못 한다는 거지, 안 한다는 게 아니다. 석현 씨가 워낙 반듯하고 모범적인 삶을 사는 사람이라 어머니의 반대를 무릅쓰지 못하는 것이다. 해결책은 단 하나였다. 석현 씨의 어머니에게 매달려보는 거다. 그렇게 해서라도 나는 이 결혼을 해야 했다. 나에게 석현 씨는 너무나 필요한 사람이니까…. 석현 씨는 내 인생에 없어서는 안 되는 사람이니까.
 석현 씨의 어머니를 직접 찾아뵙기로 했다. 설령 석현 씨 어머니가 내 면전에서 수모를 준다고 하더라도 얼마든지 참을 수 있었다. 석현 씨 어머니도 내 속사정을 들으면 나를 불쌍히 여기게 되지 않을까. 석현 씨 어머니도 인간이니까, 내가 진정으로 호소하면 마음을 돌리게 될지 모른다.

모름지기 행복에는 노력이 필요하다. 그리고 모든 건 내가 하기 나름이다. 이런 생각을 하며 나는 석현 씨 어머니의 아틀리에를 찾았다.

아틀리에 앞에 서서 이곳에 처음 왔던 때를 떠올렸다. 그때는 지금처럼 혼자가 아니라 석현 씨와 함께였다. 그때 석현 씨는 우리가 너무 잘 맞는다며, 마치 운명 같다고 했다. 그리고 자신의 어머니에게 나를 꼭 보여주고 싶다고 했다.

"어차피 우리 결혼할 사이잖아. 난 현주 너를, 내가 사랑하는 어머니한테 자랑하고 싶어."

그렇게 석현 씨의 손을 잡고 이 아틀리에로 들어선 게 1년 전의 일이었다. 그때 보았던 석현 씨 어머니의 얼굴에는 기품과 우아함이 넘쳤었다. 어릴 적 여성지에서 봤던 그 아름답고 여유가 흐르는 얼굴을 실제로 보게 되었을 때의 감회는 남달랐다. 내가 이만큼 잘 살아왔고, 성공했구나 하는 생각과 내가 들어갈 세계는 역시 이곳이라는 벅찬 감동이 들었다. 시간이 흐른 뒤의 내 모습이 저 모습과 같아진다면 내 인생은 완벽하겠다는 생각이 들었다. 그때 석현 씨는 잔뜩 신이 난 목소리로 자신의 어머니에게 나를 소개했다.

"어머니, 제가 말씀드렸던 제가 사랑하는 여자친구 현주예요. 저, 이 여자랑 결혼할 거예요."

분명 그때의 석현 씨 어머니는 나를 보고 이렇다 할 싫은 기색 없이 고개를 끄떡이고는 내게 고갯짓으로 인사를 건넸었다. 나는 그런 석현 씨 어머니에게 잘 보이고 싶어서 허리 숙여 깍듯이 인사를 드렸다.

그리고 석현 씨 어머니는 바쁜 일정이 있었는지 여직원에게 무언가 확인 후에는 약속이 있다며 자리를 비웠다. 그 바람에 길게 얘기를 나누지는 못했지만 그럼에도 나는 알 수 있었다. 석현 씨 어머니는 단아하고 기품이 흐르는 분이라는 것, 그래서 사람을 대할 때조차 그 품위가 드러난다는 것을 말이다. 나는 그 모습을 보며 부디 저 모습이 내 미래의 모습이길 하고 간절히 바랐다.

그런데 지금 나는 그런 석현 씨 어머니에게 속절없이 매달려야 하는 처지에 놓이게 되었다. 석현 씨를 붙잡을 수만 있다면 이까짓 건 상관없다. 석현 씨는 내게 놓칠 수 없는 남자고, 석현 씨를 놓치지 않으려면 내게는 이 방법밖에 없기 때문이다. 석현 씨 어머니 마음을 돌려놓을 수만 있다면 난 무엇이든 할 수 있다.

 솔직히 석현 씨 어머니가 내 과거를 알고 반대한다는 말에 석현 씨에게 유미 일을 털어놓은 것을 후회했다. 하지만 이제는 아니다. 돌이켜 보니 유미와의 일과, 내가 서울로 오게 되기까지의 일을 석현 씨에게 털어놓은 건 후회할 일이 아니었다. 어차피 석현 씨 집안에서 맘먹으면 얼마든지 알아낼 수 있는 일이었으니까. 어차피 일어날 일이었다. 석현 씨 어머니가 나를 가리켜 '썩은 사과'라고 한 것도 얼마든지 이해할 수 있는 일이다. 석현 씨 어머니라면 충분히 그럴 자격이 있는 분이니까. 난 석현 씨 어머니처럼 자격 있는 사람이 되고 싶다. 그러자면 치러야 할 고난이 있는 거라고 나 스스로를 달랬다. 나는 마음을 단단히 먹으며 석현 씨 어머니의 아틀리에 안으로 들어섰다.

 안으로 들어서자 마침 전시된 한복 깃을 다듬던 석현 씨 어머니와 뒤편에서 일하던 여직원이 동시에 나를 보았다. 나는 석현 씨 어머니에게 인사했지만 석현 씨 어머니는 나를 바로 알아보지 못했다. 당연한 일이었다. 그때 석현 씨 어머니를 뵌 이후로 1년이 지났으니 말이다. 좀 더 자주 찾아뵐 걸 하는 후회가 들었다. 나는 최대한 차분히 마음을 가라앉히고서 석현 씨 어머니를 보며 말했다.

"…전에 석현 씨와 같이 왔던 석현 씨 여자친구 박현주라고 합니다. 저번에 석현 씨와 함께 와서 뵌 적이 있는데요."

내 말에 한복 옷깃을 다듬던 석현 씨 어머니의 손길이 멈추었다. 이제 기억이 난 건가 싶었는데, 석현 씨 어머니가 조금은 당혹스러운 얼굴을 하고서 내게 물었다.

"그런데… 무슨 일로?"

나는 용기를 내어 말했다.

"석현 씨 일로… 아니, 제 얘기로 꼭 드릴 말씀이 있어서 찾아왔습니다."

그러자 석현 씨 어머니가 난감해하는 얼굴을 하고서 말했다.

"이봐요, 난 아가씨랑 구태여 말을 할…."

나는 석현 씨 어머니가 거절을 다 끝마치기 전에 서둘러 말했다.

"제발… 10분만 제게 시간을 주시면 안 될까요? 말씀드릴 게 있어서요. 시간 오래 끌지 않을게요."

고민하던 석현 씨 어머니는 결국 나를 응접실로 들였다.

"그래요. 어차피 아틀리에 정리 들어가면서 시간이 마침 남으니까, 잠깐은 내어줄 수 있을 것 같네요."

석현 씨 어머니는 여직원을 응접실로 부른 뒤에 말했다.

"따뜻한 홍차랑 찻잔 맞춰서 가져와요."

"네."

여직원이 홍차가 든 찻주전자와 찻잔 두 잔을 내려놓고 가자, 석현 씨 어머니는 내 잔과 자신의 잔에 홍차를 따르고는 말했다.

"들어요. 일단 따뜻한 거 마시고 진정시키면 말 꺼내기 더 편할 거예요."

"네."

석현 씨 어머니는 홍차가 담긴 자신의 찻잔에 흰 각설탕 하나를 넣고는 다른 하나를 집어 들더니 내게 권했다.

"괜찮습니다."

석현 씨 어머니가 먼저 홍차를 마시는 걸 보고, 나도 찻잔을 들어 홍차를 마시는데, 마셔도 진정이 되질 않았다. 찻잔을 들었을 때나 도로 내려놓았을 때나 두 손은 몹시 떨렸고, 도무지 긴장을 가라앉힐 수가 없었다. 그럼에도 나는 말을 해야 했다. 그래서 심호흡하고는 간신히 입을 열어 말했다.

"어머님께서 석현 씨에게 저에 대해서 하신 말씀… 모두 인정하고 또 이해하고 있습니다."

"인정과 이해라니? 그게 무슨…?"

"석현 씨한테 들었어요. 어머님이 제 과거 다 들으시고 저와 석현 씨의 결혼을 반대하신다고요. 그런데… 저, 이해해요. 어머님 말씀을 듣고도 저는 조금도 기분이 나쁘지 않았어요. 저 같았어도 그랬을 거예요. 제가 어머님이었어도 그런 얘기 들으면 편견이 생기고 반대할 것 같아요."

나는 고개를 들어 석현 씨 어머니의 얼굴을 보았다. 석현 씨 어머니는 미간을 찌푸린 채 날 보고 있었다. 순간, 내가 석현 씨 어머니 마음을 상하게 한 게 있나 하는 생각에 마음을 졸였다. 서둘러 말을 이으려는데, 마음이 너무 급해 더는 주체할 수가 없었다. 나는 석현 씨 어머니 앞에 무릎을 꿇었다. 석현 씨 어머니가 놀란 얼굴로 물었다.

"지금 뭐 하는 거예요?"

그러자 나는 더욱 매달리고 싶어졌다

"어머님, 제가 부족하다는 거… 저도 알아요. 잘 알고 있어요. 저, 전부 인정해요. 저 겉으로만 그럴듯하지, 사실은 별 볼 일 없다는 거, 저도 잘 알아요. 그래서 저 어머니 아시는 대로 서울로 올라와 아무렇지 않게 제 대학 동기들과 다를 바 없는 어느 평범한 중산층 집안 자식인 것처럼 가면 쓰고 악바리같이 살면서도 내가 사랑받을 수 있다는 거 생각 안 하고 살았어요. 그런데 석현 씨가 그런 저를 사랑해줬어요.

저, 정말 노력하며 살았거든요. 착하게 살았다고 할 수는 없지만 그래도 노력하며 살았어요. 앞으로도 그렇게 살 자신 있어요. 석현 씨를 위해서, 아니, 어머님을 위해서도요."

정신없이 말을 이어가는 동안 심장은 계속해서 주체하지 못할 만큼 뛰고 있었다. 나는 절박한 심정을 담아 두 손을 모으고 말했다.

"제가 정말이지… 최선을 다할게요."

나는 고개를 푹 숙인 채로 석현 씨 어머니의 대답만을 기다렸다. 제발 조금이라도 희망적인 대답이 나오길 바라며 버텼다. 무거운 침묵이 지난 후 흘러나온 석현 씨 어머니의 대답은 뜻밖이었다.

"이렇게까지 횡설수설하는 것을 보니 석현이를 정말 많이 좋아했나 보네. 그런데 아가씨는 사람을 볼 줄을 모르네?"

"네?"

"일어나요. 어차피 그러고 있다고 달라지는 것은 없으니. 그리고 그 원인이 나인 것도 아니고 말이야."

내가 알아듣지 못하자, 석현 씨 어머니는 한숨을 쉬며 말했다.

"석현이 그 녀석은… 사랑하는 여자가 없어요. 여태껏 단 한 번도. 그러니까 내 말은… 석현이는 사랑을 하지 않는 놈이에요. 사랑을 못 하는 건지, 안 하는 건지… 이젠 구분도 안 되지만."

내가 멍하니 석현 씨 어머니 얼굴을 올려다보고만 있자, 석현 씨 어머니가 얕은 한숨을 내쉬며 말했다.

"일단 앉아요. 그래야 내가 마음 편히 얘기할 수 있어요."

내가 간신히 자리에 앉자, 석현 씨 어머니는 내게 충격적인 얘기를 털어놓았다.

"미리 말하는 건데, 아가씨가 이렇게 된 데에는 아가씨 잘못이 없어요. 그리고 그래도 아가씨가 전에 석현이랑 여기 온 적이 있었다면 아가씨가 괜찮은 여자였을 거로 생각해요. 적어도 한두 달 갖고 놀다 버리는 장난감은 아니었단 거죠. 그래 봐야 걔가 하는 고약한 짓거리라는 건 달라질 게 없지만…. 여기에 석현이가 결혼할 여자친구라고 데리고 온 여자가 못해도 족히 대여섯 명은 넘어요. 그런데 아가씨 차례일 때까지 내가 그러려니 한 걸 보면 알겠죠? 내겐 이런 게 익숙하다는 거…. 석현이는 처음부터 아가씨랑 결혼할 생각이 없었어요. 그건 이전에 석현이가 데려온 다른 여자들도 마찬가지였고…. 석현이는 그저 재미있는 놀이가 필요했던 거예요."

나는 믿을 수 없어 혼잣말처럼 중얼거렸다.

"놀…이요?"

"놀이 내지는 연극이라 해두죠. 걔가 그렇게 사람 마음 갖고 노는 걸 좋아해요. 특히 여자한테는 더 그러죠. 내 아들이지만 성미가 참 고약해. 어릴 때 그 고약한 성미 안 받아준 거에 대한 앙갚음을 이런 식으로 하나 싶게 멀쩡하고 참한 아가씨를 매번 나한테 보여주고, 그 여자들한테 내 핑계 대며 씻을 수 없는 상처를 주고, 그 여자들이 매번 날 찾아와 빌게 만들고…. 이런 것도 복수인가? 그 애는 도무지 자라질 않아. 그것도 가장 고약한 모습을 하고서 자라질 않는데, 왜 그 뒷감당은 내가 해야 하는 건지…. 나는 모르겠어요. 나는 전혀 그런 사람이 아니거든. 애초에 결혼 생각도 없으면서 자기를 진심으로 좋아한다 싶은 여자한테 결혼할 거라 헛된 꿈 꾸게 하고 속으로 재밌어하고, 그런 다음엔 어떻게든 트집 잡아서 반응 보며 킬킬대고 나중에는 건수 잡아서 마치 여자한테 문제 있어서 헤어지는 거라고 하며 버리는 거, 그거 걔가 대학 다닐 때부터 쓰는 수법이에요. 내가 아들을 잘못 키웠나? 하고 생각해본 적도 있어요. 사람 갖고 노는 거… 여자한테만 그런 게 아니니까. 하지만 아무리 생각해도 나는 그렇지 않았거든. 아가씨도 나중에 자식 낳아보면 알 거야. 자식이라는 거… 정말 부모가 선택할 수 없다는 거. 뭐, 자식 입장에서도 부모를 선택할 수 없다는 건 마찬가지겠지만. 손바닥 뒤집듯 남의 마음 뒤집고 노는 걸 좋아하는 그 심리를 나는 이해할 수 없어요. 난 정말이지 녀석을 최선을 다해 키웠거든. 그리고 잔인한 말일 수 있지만 난 석현이한테 속는 여자들한테도 문제가 있다고 생각해. 아가씨는 생각해본 적 있어요? 아가씨가 왜 석현이랑 그토록 결혼하고 싶었는지를. 그건… 그저 환상을 붙잡고 싶었던 건 아닐까? 이게 잔인한 말 같아요? 하지만 어쩔 수 없어. 왜냐하면 나한테는 다 보였거든. 석현이가 하는 거짓말, 입에 발린 말…. 그게 싫어서 어릴 때 몇 번 혼냈더니 그때부터는 그런 것들을 안 하는 게 아니라 내가 아닌 다른 사람들한테 하더라고. 녀석이 데려오는 여자들… 난 가엾다고 느꼈어. 왜냐하면 다들 하나같이 환상에 빠져서 마치 세상에서 가장 행복한 여자가 된 것처럼 잔뜩 들떠 있는 얼굴로 내게 인사하러 오곤 했으니까. 그러다 몇 달 지나면 어김없이 나를 찾아와 우는 거야. 아까 아가씨가 그랬던 것처럼. 하는 말들도 하나같이 똑같았지. '어머님이 저를 그렇게 마뜩잖게 생각하신다면서요?' 그러면서 말하지, 자기도 자기가 부족한 걸 잘 안다고, 그래도 봐달라고. 석현이만 보면서, 석현이며 우리 집안을 위해서 살겠다고 말이야…. 녀석이 대체 어떻게 뭔 말을 했기에 하나같이 똑같은 말을 하는 건지 원…. 녀석은 자기가 실컷 갖고 논 장난감을 반드시 나한테 보냈어. 그래서 늘 날 곤란하게 만들었지."

'장난감'이라는 말이 몹시도 아프게 들렸다. 지금 이 순간이 현실인지 아닌지 분간이 되지 않았다. 차라리 꿈이었으면 싶었다. 내가 듣고 있는 말이 현실이 아닌 곳에서 들려오는 말이었으면 싶었.

"내 아들… 겉으로 봤을 때 꽤 나이스하고 젠틀하지만 거기까지인 것 같아. 녀석은 항상 사람을 가지고 놀면서 마지막까지 자기는 좋은 사람이고 싶어서 거짓말을 하는 거야. 그런 거짓말에 매번 나를 들먹이는 거 보면 내가 정말 싫은 건가 싶기도 하고. 녀석은 바뀌질 않고 더 고약해지기만 해. 이젠 나도 한계에 이른 것 같아. 그건 석현이 아버지도 마찬가지고. 석현이 아버지가 로펌 대표직에서 내려오는 거에 맞춰서 나도 아틀리에 정리하고 우리 부부 미국에 가서 편히 쉬다 오기로 했어. 석현이는 제 맘대로 살라고 내버려두고 우리 부부끼리 편하게. 석현이 일로 골머리 썩는 것 없이 편하게 살아보려고. 그래서 아틀리에도 정리하던 중이었고 그러던 참에 아가씨가 온 거야."

나는 아무런 말을 할 수가 없었다. 이제 내게 남은 건 감당할 수 없는 수치심밖에 없었기 때문이다. 석현 씨 어머니는 계속 이어서 말했다.

"그래도 이렇게 석현이에 관해 허심탄회하게 다 털어놓은 건 아가씨가 유일해요. 석현이한테 미련조차 없어져서 그런가 이렇게 털어놓고 나니 후련하네. 난 이만 일어나야겠어요."

석현 씨 어머니가 자리에서 일어났다. 나는 그런 석현 씨 어머니를 올려다보았다. 그러자 생각나는 것이 있었다. 오래전에 여성지에서 봤던 우아하고 품위 있어 보이던 그 미소. 그 여유로운 미소는 타고나는 것인가? 하는 생각이 문득 들었다. 석현 씨를 만나면서 꿈꾸는 동안 내가 느꼈던 행복은 모두 무엇이었을까? 모두 허상이었을까? 석현 씨에게 나는 대체 무엇이었을까? 순간, 눈물이 쏟아질 것 같아 나는 인사도 하지 않은 채 아틀리에를 나와버렸다. 그곳은 정말이지 나와는 어울리지 않는 곳이라 생각하면서.

결국, 맡았던 프로젝트만 마치고 나는 회사를 그만두었다. 회사를 계속 다니는 게 나한테는 무리였다. 아무렇지 않은 척해야 하는 것도 싫었고, 회사 사람들이 자꾸 내게 물어오는 것도 싫었다.

"팀장님, 결혼하기로 하지 않으셨어요?"

"결혼 언제 해요?"

"결혼 준비 잘 되어가세요?"

이런 질문들에 나는 거짓으로도, 진실로도 대답할 수가 없었다. 그건 내가 거짓말을 못 해서가 아니었다. 내가 원하는 사람과의 결혼은 거짓말로 만들어낼 수 있는 게 아니었기 때문이다.

석현 씨와 헤어지고 두 달이 지나서야 석현 씨 인스타에 더는 들어가지 않게 되었다. 석현 씨 얼굴을 보는 게 너무 괴로웠기 때문이었다. 석현 씨 어머니가 말했던 대로 환상을 제거하고 남겨진 석현 씨 얼굴의 잔상에서 내가 보이기 시작했다. 내가 어린 유미를 보는 얼굴이 자꾸만 나타났다. 그날, 그 억새밭에서의 내 모습…. 이상한 일이었다. 나한테 내 모습이 보일 리가 없는데, 자꾸만 내 얼굴이 떠오르는 것이었다. 마치 내가 그 시절 유미라도 된 듯이 말이다.

모든 것에서 번아웃이 왔다. 일에서도, 인간관계에서도, 인생에서도…. 내겐 휴식이 필요했다. 고민 끝에 회사를 그만두기로 했다.

"팀장님, 아쉬워요."

내가 회사를 그만두던 날, 같은 팀 사람들이 내게 말했지만 내 마음엔 아무런 감정도 느껴지지 않았다. 나는 억지로 미소를 지어 보이며 말했다.

"나도, 그러네. 다들 잘 지내."

거짓말이었다. 나는 그들을 다시 보지 않는 게 전혀 아쉽지 않았다. 그들 역시 너무나 귀찮은 존재들이었으니까.

나는 속마음을 억누르고 덤덤한 미소를 지으며 사무실을 나섰다. 그리고 회사 건물을 나올 즈음, 누군가가 나를 부르는 소리가 났다.

"팀장님!"

누군가 싶어 뒤를 돌아보았다. 옆 팀의 '최지선'이라는 직원이 밝은 미소로 다가와 말했다.

"팀장님, 이거 두고 가셨어요."

"이건…."

그녀의 손에 들려있던 건 내가 쓰던 사무용품을 담아둔 상자였다. 모두 고가의 좋은 제품들이었지만 이제는 이 일에 미련이 없어 누구라도 가져가 쓰라고 일부러 버려두고 간 것이었다.

"팀장님이 쓰시던 거라 가져왔어요. 사실 저, 여기에 있는 것 중에 팀장님 따라 산 것도 몇 개 있거든요. 워낙 예쁘기도 하고, 팀장님이 쓰시는 건 다 좋아 보이기도 해서…. 저, 팀장님 되게 동경했거든요."

나는 떨떠름하게 대답했다.

"그래요…?"

"네! 팀장님 제 인생의 롤모델이에요. 팀장님 같은 실력 있는 커리어 우먼이 되는 게 제 꿈이자 목표예요. 제가 너무 늦게 말한 것 같지만…. 나중에 기회 되면 또 만나 뵐 수 있겠죠?"

지선 씨는 나를 보며 미소 지었다. 가식이나 악의 같은 건 조금도 보이지 않았다. 하지만 나는 그런 것들이 있기라도 한 것처럼 신경 쓰여 마음이 불편했다. 마음만 불편한 게 아니었다. 몸도… 마치 두드러기가 날 것처럼 신경이 곤두서고 불편했다. 나는 억지로 참고 아무렇지 않게 애써 적당한 미소를 지으며 말했다.

"그래요. 그럼 난 이만 가볼게. 바쁜 일이 있어서."

나는 그대로 돌아선 채 주차된 내 차를 향해 걸어갔다. 순간, 말할 수 없는 짜증이 밀려왔다. 쟤는 뭐 하러 내가 버리려고 두고 간 사무용품 상자를 전해주러 온 건가. 나에 대해 뭘 안다고 나를 좋아한다, 어쩐다 하는 건가. 네가 나에 대해 다 알고도… 그래도 나를 좋다고 할 수 있을까?

  나에겐 휴식이 필요했다. 차에 오른 나는 사무용품이 든 상자를 뒷좌석에 던져놓았다. 그리고 곧바로 차를 출발시켰다.

IX

부디, 행운을 빌어

　반년쯤 시간이 흐르자 흔들리던 마음도 비로소 가라앉게 되었다. 그렇게 된 데에 도움이 된 사람이 있었다. 바로 종욱 선배였다. 종욱 선배가 아니었더라면 나의 마음은 완전히 무너져버렸을지도 모른다. 곤두박질치는 내 삶을 붙잡아준 건 종욱 선배였다. 종욱 선배는 힘든 나의 곁에서 매일 위로해 주었다.

　그 일이 있은 지도 1년이 지났고, 나는 전년도보다 나아진 게 없는 서른두 살이 되었다. 작년은 내 인생의 악몽 같았고, 그래서 그대로 눈을 감아버렸을 수도 있었지만 종욱 선배가 나를 지켜준 덕에 버틸 수 있었다. 종욱 선배는 내 곁을 묵묵히 지켜주었고, 매번 악몽을 잘 버텨냈다고, 절대 내 인생은 악몽 같은 게 아니라고 말해주었다. 그 말을 듣고 어찌나 눈물이 나던지. 그래도 나는 종욱 선배라는 든든한 나의 편이 있어서 절대로 불행한 사람이 아니다.

종욱 선배에겐 미안한 마음과 고마운 마음이 둘 다 있다. 미안한 건 정말 미안한 것이다. 생각해보면 대학에 다니던 시절이 내 인생에서 가장 오만하던 시기였다. 하지만 누구라도 그랬을 것이었다. 유미에 대한, 내 과오에 대한 걸 털어버리기 위해서라도 나는 완벽한 인생을 살고 싶었고, 살아야 했고, 살 수밖에 없다고 생각했다. 나에게 좋은 것만을 주고 싶었고, 내가 살 수 있는 최고치의 삶을 살고 싶었다. 그랬기에 나는 종욱 선배 같은 남자와는 연애할 수가 없다.

종욱 선배는 여러모로 평범했다. 착했지만 착한 게 다인. 하지만 난 착한 게 다인 그런 남자는 싫었다. 엄마 같은 인생은 살고 싶지 않았다. 나는 수준 높은 좋은 남자만 만나고 싶었고, 최대한 빨리 그런 남자와 결혼을 해야 했으니까 말이다. 종욱 선배는 너무 평범했고 야망도 없었다. 그런 종욱 선배의 미래야 불 보듯 뻔한 것이었고, 나는 조금도 끌리지 않았다. 하지만 종욱 선배가 날 좋아한다는 건 일찌감치 알고 있었다. 종욱 선배가 사람으로서는 좋았지만 사귀고 싶은 마음은 절대 들지 않았다. 나에게 잘해줄 때면 좋기도 했지만 때로는 귀찮고 불편한 마음이 들곤 했다. 그래도 필요할 때마다, 연락할 때마다, 부르면 언제든 오는 사람이 있다는 건 나쁘지 않았다. 그건… 그날도 마찬가지였다.

엄마의 실종이 5년이 지나 사망으로 처리된단 걸 알게 된 그날, 내가 잘못된 게 아니라는 구원을 받고 싶은 마음에 인터넷에 글을 썼던 날, 경악스러운 답글을 보고 마음이 무척이나 혼란스러웠던 날, 나는 종욱 선배에게 연락했다. 종욱 선배는 한달음에 달려와 주었다. 그리고 나를 위로해 주었다. 그때 나는 마음이 너무 복잡하고 혼란스러워 종욱 선배에게 내 이야기를 털어놨다. 나의 과거 이야기들을.

다음 날 아침이 되어 그것이 실수라는 걸 깨달았을 땐 이미 늦은 후였다.

'괜한 얘기를 했어. 괜한 말실수를 하고 말았어.'

하지 않아도 될 말을 해버렸다는 생각이 들었다. 시간을 돌리고 싶어도 그럴 수가 없었고 마음은 가시방석 같았다. 내 얘기가 학과에 소문나면 어떡하지? 더 짜증이 났던 건 그날 이후로 종욱 선배가 마치 나와 사이가 가까워지기라도 한 것처럼 굴었다는 것이다. 그래서 더욱더 후회되었다. 날 쉽게 보고, 나와 가까워지려 하는구나, 하는 생각에 속으로 짜증이 일었다. 내가 실수했다는 생각밖에 들지 않았다. 종욱 선배는 어느새 자주 선을 넘고 있었다.

나는 종욱 선배와 사귀고 싶지 않았고, 종욱 선배가 내 얘기를 학과 사람들한테 전하지 않을지 불안해하며 신경 쓰는 것도 점차 피곤했다. 그러던 차에, 밤이면 학교에 나타나 캠퍼스 이곳저곳을 떠돌며 여학우 몸을 슬쩍 더듬고 가는 변태가 있다는 얘기를 들었다. 나는 그 얘기가 여자 동기들 사이에서 나올 때마다 슬쩍 종욱 선배의 얘기를 꺼냈다.

"그 청록색 후드에 자전거 탄 남자? 나, 얼마 전에 도서관 가다가 종욱 선배 봤는데, 청록색 후드를 쓰고는 못 보던 자전거 타고 가던데…. 종욱 선배가 자전거를 탔었나하는 생각이 들었어. 맞아. 설마… 설마 아니겠지? 같은 옷은 흔하니까 뭐…."

자연스럽게 흘린 얘기는 어느덧 누가 꺼냈는지 모를 풍문이 마치 사실인 것처럼 종욱 선배로 낙인이 찍혀버렸다. 고맙게도 그리고 다행스럽게도 학과 사람 모두가 종욱 선배를 꺼려했고, 그제야 나도 종욱 선배와 자연스럽게 거리를 둘 수 있었다.

"오빠, 나… 오빠랑은 정말 오래 알고 지내고 싶어. 오래도록 편한 사이이고 싶어."

이 정도로만 말해주었다. 속으로야, 내 과거를 알고 나니 내가 쉬워 보이거나 만만해지기라도 한 거냐며, 선배랑은 순수한 인간관계를 원한 건데 당황스럽다고 말해주고 싶었지만 말이다. 나는 그저 한 마디만 덧붙였다.

"내가 너무 무리한 걸 바랐었나?"

그러자 종욱 선배는 애써 웃음 지으며 대답했다.

"아니야. 난 그냥… 네가 너무 좋은 사람이어서 그랬나 봐. 하자, 편한 사이."

나는 안심이 되어 기쁜 마음으로 말해주었다.

"오빠도! 오빠도 참 좋은 사람이야, 내게."

그렇게 종욱 선배는 내가 바라는 모습으로 남아주었다. 그리고 늘 그랬듯 그 이상의 고마움을 느끼게 해줬다. 내 초라한 과거를 알고도 날 떠나지 않았고, 변함없이 날 위로해 줬고, 엄마의 일을 알아보려 애써주기까지 했다. 덕분에 엄마의 실종에 얽힌 비밀을 빨리 풀 수 있었다.

5년 전, 엄마의 시신을 마주했던 날, 안치실에서 경찰이 내게 이렇게 말했다.

"밖에 선배라는 분이 애를 많이 쓰셨더라고요. 저희가 신정숙 씨 시신을 발견한 건 불과 열흘 전인데, 이미 신정숙 씨

신원으로 신원 미상의 사체를 찾고 있던 사람이 있어서 빠른 확인이 가능했습니다. 5년 전부터 신원 미상 사체에 신원 확인 등록을 해놓고 매번 찾아봤던 모양입니다. 자기 일처럼 발 벗고 나서주는 분이 있으셔서 힘이 되시겠습니다. 모쪼록 힘내십시오."

경찰은 종욱 선배가 엄마의 정보를 등록해 두지 않았더라면 변사체의 신원이 엄마라는 것이 밝혀지는 게 더 늦어졌을 거라고 했다. 그랬더라면 전화로 유미가 자기 아버지 얘기를 할 때 더 깊이 불안에 빠졌을지도 모른다. 종욱 선배가 그걸 막아준 거다. 내게 진실을 알게 해주고, 힘든 일을 견디게 해준 사람은 종욱 선배 한 사람뿐이다.

퇴사를 기점으로 나는 모든 것을 바꾸었다. 원래 살던 오피스텔에서, 종욱 선배 집 근처의 작은 아파트로 이사를 갔다. 그리고 오랜 기간 무직 상태에 있다가 종욱 선배가 알아봐 준 회사로 이직하기로 했다.

"요즘 업계 불황이라, 아무리 조건 좋아도 직함 그대로 이직이 쉬운 건 아닌데, 내가 많이 알아보고 노력했어. 다 현주 너 좋으라고 한 거야."

"고마워, 오빠."

내려놓고 나니 인생이 편안해진 것 같았다. 종욱 선배에게 미안한 마음과 고마운 마음까지 더해져 잘해주고 싶었다. 내가 할 수 있는 한 최대치로 말이다.

출근을 앞두고 집에서 쉬고 있으려니 종욱 선배로부터 연락이 왔다. 만나자는 연락이었다. 종욱 선배는 박물관을 좋아했고, 덕분에 전시장을 자주 다니고 있었다. 오늘도 같이 박물관 전시를 보자는 거였다.

「…6시 30분에 보자.」

「응, 좋아.」

나는 들뜬 마음으로 집을 나섰다. 엘리베이터에서 내려 아파트 현관을 나서려다 언제나처럼 우편함을 들여다봤다. 그런데 특이한 우편물이 하나 와 있었다. 외국에서 보낸 에어 메일이었다. 뭔가 싶어 자세히 보니 미국 샌프란시스코 공항에서 보낸 편지였고, 보낸 사람 이름은 'Lee Yoo Mi'였다.

유미…. 결코 다시는 보고 싶지 않은 그 이름…을 보는 순간, 어찌할 바를 모르다가 편지를 쥔 채 차에 올랐다. 만일 내가 흡연자여서 라이터가 있었더라면 홧김에 유미의 편지를 태웠을지 모른다. 한편으로는 유미가 과연 편지에 뭐라고 지껄여놓았을지 확인해보고 싶었다. 다만 당장 읽기는 싫었다. 그래서 일단 옆자리에 놔둔 채로 종욱 선배와의 약속 장소로 향했다.

박물관 앞에는 사람들이 많지 않았다. 나는 매표소로 가, 미리 표를 두 장 사서는 벤치에 앉아 종욱 선배를 기다렸다. 하지만 아무리 기다려도 종욱 선배는 나타나지 않았다. 한참을 기다려서야 종욱 선배로부터 약속 장소에 늦을 거라는 연락이 왔다.

기다리는 게 지루했던 나는 결국 유미가 보낸 편지를 뜯어보기로 했다. 읽어보고 마음에 들지 않으면 종욱 선배에게 실컷 얘기해버리면 그만이라고 생각하면서 나는 유미가 보낸 편지를 뜯고, 천천히 편지를 읽기 시작했다.

「현주 언니에게,

언니는 이 편지가 달갑지 않겠지. 이 편지를 언니가 읽을 가능성보단 읽지 않고 버릴 가능성이 더 클 거야. 아마 편지를 뜯어보지도 않고, 봉투에 적힌 내 이름 'Lee Yoo Mi'만 보고 바로 쓰레기통에 갈기갈기 찢어 버릴지도 몰라. 그런 의미에서 이 편지는 버려질 편지인지도 모르지. 버려질 편지가 될 수 있는 데도 보내는 이유는 언니에게 내가 누구였는지 설명하고 싶은 마음이 자꾸 남아서야. 이 편지를 쓰고 나면 그 마음이 해소될 것 같아서. 그런데 그 얘기를 하려면 언니에게 많은 걸 얘기해야 할 것 같아. 그건 바로 언니가 결혼하고 싶어 마지않았던 정석현이라는 남자의 얘기이기도 해. 이 얘기를 알게 되는 게 언니에게 운이 좋은 일이 되는 걸까? 아니면 반대일까?

왜 있잖아…, 진실이란 건 항상 모르느니만 못하다는 거. 그래서 사람들은 모르고 사는 게 속 편하다는 말을 하고 살잖아. 사실 우리는 다 속고 사는 게 아닐까? 그걸 깨닫기 전까지 속았다는 걸 모를 뿐이지. 정석현이라는 남자가 그랬지. 그 남자는 정말 질이 안 좋았어. 겉으로 보기엔 멋지고 근사하지만, 항상 모든 여자를 자신의 장난감으로 만들어야 직성이 풀리는 그런 남자였지. 언니가 정석현이랑 헤어지고 한동안 방황했다는 얘기 들었어. 정석현이 다니는 로펌에도 찾아가고 그랬다며? 내가 이걸 어떻게 알고 있냐고? 그건 내가 정석현을 가까이서 볼 수 있는 사람이었기 때문이야. 이제 내가 누구인지 짐작 가? 나는 임선경 선생님 아틀리에에서 5년도 더 넘게 일한 직원이야. 그래서 정석현이 어떤 사람인지 매우 잘 알고 있지. 정석현이 데리고 온 여자들, 그 여자들이 얼마나 행복해하고 어떻게 망가지는지를 나는 모두 다 지켜봤어. 그런데 아주 오랜만에 만난 언니가 그런 여자가 되어 나타날 줄은 꿈에도 몰랐어.

언니가 날 알아보지 못한 건 정말이지 유감이었어. 10년 만에 만난 언니는 왜 날 알아보지 못했을까? 나는 언니가 정석현과 함께 아틀리에에 들어온 순간부터 언니를 알아보았는데 말이야. 물론 반갑지는 않았어. 내게 언니는 떠올리고 싶지 않은 기억이었으니까. 그래도 난 언니가 나를 적어도 알아볼 줄은 알았어. 어째서였을까. 어째서 언니는 날 알아보지 못했을까 속으로 궁금하기까지 했지. 어릴 때와 다르게 마른 몸에 잔뜩 무미건조한 표정을 하고 있어서였을까, 아니면 아틀리에에 들어선 언니의 눈에 내가 중요하지 않은 사람이어서 눈길을 제대로 주지 않아서였을까? 나는 언니가 정석현이라는 남자에게 기만당해 웃고 있는 모습을 보았어. 그 모습은 영락없이 내 어린 시절과 닮아있어서 놀랐어. 내가 언니를 꿈꾸던 모습 그대로, 언니는 정석현이라는 남자를 꿈꾸고 있었지. 내가 놀랐던 건… 언니도 그런 표정을 지을 수 있단 거였어.

언니를 데려온 후로도 정석현은 여러 여자를 만났어. 어떻게 알았냐고? 정석현은 자기한테 속아 자신에게 사랑에 빠진 여자들을 보여주곤 했거든. 정석현은 여러 여자의 인스타를 보여주고, 그 여자들과 주고받은 인스타 DM을 보여줬어. 낯부끄러운 대화들까지 내게 모두 보여줬지. 자랑하듯 말이야. 정말 그 여자들이 불쌍할 지경이었어. 언니 얘기도 해줬었지. 언니 사진들을 보여주며, 언니가 자신과 너무나 결혼하고 싶어 한다고, 골프 모임 사진을 보여줬더니 너무나 설레더라고, 이 여자는 자기랑 결혼해서 신분 상승하려는 욕심이 가득 찬 여자라고…. 아마 언니가 내 가까운 사람, 아니, 연락할 수 있는 정도의 평범한 사이의 사람이었다면 분명 얘기해줬을 거야. 정석현이라는 남자가 얼마나 나쁜지. 정석현이 나한테도 어떻게 해보려던 적이 당연히 있지 않았을까? 하지만 다행히도 선생님이 그런 일이 없게끔 중간에서 잘 막아주셨지.

언니가 선생님을 찾아와 무릎 꿇었던 날, 선생님이 언니에게 해주셨던 말이 맞아. 선생님은 자기 아들을 좋아하지 않으셔. 그리고 일도 더는 하고 싶지 않아 하셨고, 그래서 남편과 미국으로 가기로 한 거야. 나도 같이 미국으로 온 거고.

언니에게 나는 하찮은 애정결핍 여자애에 불과했지만, 세상에는 언니와 다른 사람들이 있더라. 선생님이 그랬어. 선생님은 날 딸처럼 여겨주셨지. 그래서 이곳까지 기꺼이 함께하게 됐어. 그렇다고 미국에서의 삶까지 함께하기로 한 건 아니고, 딱 공항까지 일행이 된 것뿐이지만.

여긴 공항이고 이젠 나 혼자서 가고 싶은 대로 어디든 가서 살아보려 해.

이제야 언니에 관한 생각들이 모두 정리됐어. 난 언니를 미워하지 않아. 그래서 편지를 쓰게 된 거야. 하지만 언니가 나를 기만한 사람이 아니었더라면 나는 정석현이라는 괴물에 대해서 미리 얘기해줬을 거야. 어쩌면 아버지에 대해서도 한참 전에 얘기해줬겠지. 그때 나는 얘기해줄 사람이 필요했던 것 같아. 그때 난 얘기할 사람이 필요하다고 생각했는데, 지금 와서 생각해 보니 그게 아니라 난 얘기할 사람이 필요했던 게 아닐까 싶어. 위험한 거, 안 좋은 거 말해줄…. 하지만 언니는 내 얘기를 듣는 걸 원하지 않았지.

그런데, 그런 생각해 본 적 있어, 언니? 언니가 속이고 이겼던 것들이 정말 그랬던 것인지에 대해서……. 언니가 아버지를 속였다고 생각한 순간에, 아버지가 언니를 속이고 있었고, 사실은 언니가 내 아버지에게 속은 것처럼 말이야. 정말 그런 순간이 그때 그 단 한 순간뿐이었을까? 모두 아무 생각 없이 사는 건 아니라는 걸, 나는 내 아버지라는 사람을 통해 일찌감치 알게 됐어. 그것은 지독한 불행이었지만, 사실 현실을 적나라하게 알 수 있게 된 계기이기도 했지. 언니에게 내가 지난번 편지에서 말했던 거 기억 나? 세상 사람들이 다 어린 나와 같지 않다는 거. 세상도, 사람도 전부 다… 언니가 생각하는 범위를 벗어나 있을 수 있다는 걸… 완전히 잊어버리고 있었던 건 아니겠지? 이 편지가 언니에게 행운일지 불운일지는 끝까지 보지 못할 것 같네. 부디 행운을 빌어.

2024년 12월 31일
샌프란시스코 공항에서 유미가」

편지를 다 읽은 나는 좀처럼 마음을 가라앉힐 수 없었다. 내가 발을 딛고 있던 땅이 그대로 무너져 끝없이 추락하는 기분이었다. 잡아줄 사람이 필요했다. 이럴 때 나를 잡아줄 사람은 종욱 선배뿐이었다.

나는 다급히 종욱 선배에게 전화를 걸었다.

'오빠, 제발 좀 받아….'

나는 종욱 선배가 전화를 빨리 받아주기를 간절히 바랐는데, 어째서인지 종욱 선배는 전화를 받지 않았다. 초조해진 나는 종욱 선배에게 문자를 보냈다.

「오빠, 어떻게 된 거야? 나 지금 정문 벤치에서 계속 기다리고 있어.」

그러자 종욱 선배에게서 전화가 걸려왔다.

"오빠, 나 지금 오빠한테 할 말이…."

그런데 내가 말을 다 마치기도 전에 종욱 선배가 말했다.

― 너, 도대체 몇 번을 전화하니?

종욱 선배의 예상치 못한 반응에 나는 몹시 당황했다. 요즘 들어 선배가 바빠지긴 했지만 그래도 이렇게 약속 시각에 오래 늦는 건 처음이었다. 나는 선배가 내게 적어도 미안하다고 할 줄 알았다. 그게 아니더라도 내게 최대한 부드럽게 상황 설명을 해줄 줄 알았다, 늘 그랬던 것처럼. 그런데 선배는 내게 짜증을 내며 말했다.

― 약속 장소에는 안 오고 왜 전화만 계속 해대는 거야?

나는 유미의 편지 내용으로 머릿속이 복잡하고 혼란스러웠지만, 간신히 차분하게 말했다.

"오빠, 우리 정문 벤치에서 만나기로 했잖아."

― 그게 무슨 소리야? 우리 후문 벤치에서 만나기로 했잖아. 나 아까부터 후문에서 기다리고 있는데. 휴대폰은 내가 진동으로 해놔서 못 받았고, 매표소에서 네 표까지 끊고 기

다리고 있었는데, 넌 왜 오지는 않고 전화만 한 거야?

"아, 그랬어? 미안해. 기다리고 있는 줄은 모르고 내가 정신없어서…."

─ 또 무슨 일인데? 됐다, 나라도 널 이해해야지 어떡하겠어. 알겠으니까 빨리 여기로 와.

"응, 그럴게."

종욱 선배를 오래 기다리게 하면 안 될 것 같아 나는 서둘러 후문 쪽으로 갔다. 숨이 찬 채 후문으로 갔더니 종욱 선배가 나를 향해 손을 들었다. 그래도 꽤 빨리 온 것 같아 안심이 되었다.

고개를 돌려 주위를 보는데 뭔가 이상했다. 후문에는 벤치가 없었다. 정문에 있던 벤치가 후문에는 보이지 않았다. 종욱 선배는 분명 후문 벤치에서 보자고 했는데….

뭔가 이상해서 나는 선배에게 물었다.

"오빠…."

"왜?"

"우리 벤치 있는 데서 만나기로 했잖아. 여기는 아무리 봐도 벤치가 없는데…."

나는 눈치가 보여 차마 선배가 분명히 정문 벤치에서 보자고 했다는 말은 하지 못했다. 그런 나에게 선배는 정색하며 말했다.

"현주야, 너 왜 그러니?"

"응?"

"너 요즘 좀 너무 예민한 것 같아."

"…그런가?"

"그래. 갈수록 우리 사이가 더 편해져야 하는데, 그렇지 못한 것 같아."

선배의 말을 듣고 보니 그런 것도 같았다. 방금 유미에게 받은 편지 때문에 충분히 그럴 수 있다. 선배에게 이유를 설명해 줘야 할 것 같았다. 내가 왜 지금 예민할 수밖에 없는지를.

"선배, 있잖아. 유미한테서 편지가 왔는데, 유미가 누구였냐면, 그게… 석현 씨 어머니 아틀리에에서…."

하지만 종욱 선배는 내 안에서 소용돌이치고 있는 얘기를 다 듣기도 전에 끊어냈다.

"현주야!"

"응?"

"그거 이미 다 지나간 일이잖아. 왜 지나간 얘기를 또 자꾸 하는 거야? 너 평생 그 얘기 반복하며 살래?"

"그게 아니라 방금 유미에게서 에어 메일이 왔어."

"그런 게 오면 내가 읽기도 전에 버리라고 했지? 그리고 너 왜 내 앞에서 그놈 이름을 또 꺼내? 이미 다 지나간 일 아니었나? 내 앞에서 그놈 이름 또 꺼내는 게 예의가 아니란 거 너도 모르지는 않을 텐데…. 지금 네 남자친구는 나 아니야? 그런데 넌 여전히 그놈이랑 사귀는 것 같네."

"그런 게 아니라…."

내가 해명하려는데 선배가 싸늘한 미소를 지으며 말했다.

"넌 여전히 내가 우습나 보네."

"무슨 말이 그래, 오빠…."

"그럼 따지지 말고, 내 말 들어."

나는 순간 서운했지만 애써 내색하지 않고 미소를 지으며 말했다.

"그래, 그럴게."

그러자 선배는 그제야 날 안아주며 말했다.

"그래, 편한 게 좋은 거야."

하지만 내 마음은 조금도 편하지가 않았다. 선배는 안고 있던 내 팔을 풀더니 내 허리춤을 안고 전시회장으로 향했다.

나는 내가 잘 알지 못하는 전시품들을 보며 생각에 빠졌다. 그 생각은 진작 가졌어야 하는 하나의 의문에서 시작되었다. 고마운 일이라고만 생각해서 단 한 번도 의문을 가져

본 적 없던 일….

엄마의 시신을 찾게 되었던 날, 경찰은 선배가 5년 전부터 일찌감치 엄마의 정보를 신원 미상 시신 찾기에 등록해 놓고 변사체를 한 번씩 확인하고 다녔다고 했다. 그런데 이상한 일이었다. 5년 전, 내가 울먹거리며 선배에게 엄마에 대해서 얘기했을 때 선배는 분명 엄마가 분명 살아 돌아올 거라고 날 위로했었는데….

"네 엄마는 살아 계시고 분명히 돌아올 거야"라고 했던 선배가 왜 내 엄마의 시체를 찾고 다녔을까. 엄마가 죽었다고 선배가 확신했을 리가 없는데. 그렇다고 해서 선배가 우리 엄마가 죽기를 바랐을 리도 없을 텐데…?

문득 두려운 의심 하나가 고개를 쳐들었다. 종욱 선배와 거리를 두고 싶어서 내가 했던 일, 그 일을 종욱 선배가 정말 모른 게 맞을까? 동아리 사람들 모두가 종욱 선배를 피하게 됐던, 아니 내가 피하게 했던 일…. 한밤중 캠퍼스에 나타나는 괴한이 종욱 선배일 거라는 말을 은근히 흘렸던 일을 종욱 선배가 몰랐던 건 맞을까? 맞겠지? 그때 나는 동아리 사람들이 내 의도를 눈치채지 못하게 말을 잘했다고 생각했는데, 만약에 그게 아니었다면… 그게 아니라면, 내가 시작한 말이라는 걸 알았다면?

나는 불안한 생각을 떨치기 위해 선배의 얼굴을 보았다. 그러나 열심히 설명하는 선배의 웃는 얼굴에서는 내가 바라는 대답을 찾을 수 없었다. 익숙했던 표정인데, 문득 낯설었다.

IX / -II

또 다른 결말

"뭘 보고 있어?"

"어…?"

어느새 선배는 내 앞으로 와있었다. 그러자 이상하게도 몸이 굳을 만큼 긴장이 되었다.

"아니, 그냥…."

"왜 이렇게 굳어 있어? 편하게 있지 못하고…."

선배는 평소처럼 내 어깨를 잡으려 했다.

"선배, 있잖아…."

그러자 종욱 선배는 당황한 얼굴로 물었다.

"왜 갑자기 선배라고 해? 어색하게."

"내가 지금 너무 몸이 좋지 않아서 그런데…. 오늘은 집에 들어가서 쉴게, 미안해."

그러자 종욱 선배는 나를 힐끗 보더니 못마땅하다는 얼굴로 말했다.

"그래? 그러면 그렇게 해. 내가 이따가 연락할게."

"그래…."

속으로는 선배가 연락하지 않았으면 했다. 하지만 그러지는 못했다. 나도 모르는 사이, 종욱 선배의 그림자가 내 안에 깊이 들어와 있어서 그런지 그렇게 말할 엄두가 나지 않았다. 나는 그저 입을 다문 채 도망치듯 그 자리를 조심스레 빠져나왔다.

무슨 정신으로 집까지 차를 운전해 왔는지 알 수 없다. 운전대를 잡는 게 마치 나 자신을 붙잡는 것처럼 고역이었다. 그래도 그 자리를 벗어났던 건 유미가 편지에 남긴 말이 계속 생각나서였다.

「내가 지난번 편지에서 말했던 거 기억 나? 세상 사람들이 다 어린 나와 같지 않다는 거. 세상도, 사람도 전부 다… 언니가 생각하는 범위를 벗어나 있을 수 있다는 걸… 완전히 잊어버리고 있었던 건 아니겠지?」

 이건, 그냥 우연이 맞아떨어진 것에 불과하다. 그리고 종욱 선배에게서 이상한 낌새를 먼저 알아챈 것도, 누구의 말이 아니라 내 직감이었다. 난 당하지 않았고, 이로써 종욱 선배도, 유미도 결과적으로 내가 이긴 셈이다. 이런 말들을 담아 유미에게 답장을 쓰고 싶었다. 하지만 그러지 않았다. 편지지 한 장을 다 채운 말들에 마지막 마침표를 다 찍기도 전에, 유미는 내 이런 구질구질한 말들에 관심이 없으리란 생각이 들었다. 그 순간, 말할 수 없는 공허감이 나를 짓눌렀다.

 우연히 지나간 석현 씨 어머니의 아틀리에가 있던 자리에는 향수를 파는 가게가 들어섰다. 궁금하기는 했지만 들어가 보지는 않았다. 대신 이따금 가던 카페에 가며 시간을 보냈다. 창가 자리에 앉아 노트북을 켜고는 다시 새로 이직할 회사들을 알아보곤 했다. 종욱 선배와는 따로 연락하지 않았다. 종욱 선배도, 나도 서로에게 연락하지 않았다. 그 정도가 서로에게 맞다고 결론을 내린 거다. 새로 쓸 이력서를 화면에 띄운 채 생각에 잠겨있는데, 익숙한 목소리가 들려왔다. 고개를 들어 바라보니, 목소리의 주인은 이미 맞은 편 자리에 앉아 있었다.

"팀장님, 잘 지내셨어요?"

전에 다녔던 회사 사람이었다. 회사를 그만두던 날, 내가 버렸던 짐을 구태여 찾아와 들어줬던 사람…. 이름이 뭐였는지 생각하려는 찰나에, 자기 이름이 '지선'이라고 말해주었다.

"맞다, 지선 씨…. 오랜만이네."

요즘 정신이 멍한 탓인지, 지선 씨가 하는 말을 제대로 집중하지 못했다. 그러다 문득, '결혼'이라는 단어가 귀에 꽂혔다. 그제야 겨우, 내가 지금 무슨 이야기를 듣고 있는지 깨달았다.

"팀장님, 결혼… 말이에요."

"…응?"

정신을 차리고 보니, 지선 씨는 조심스럽게 말을 이었다.

"저… 결혼 안 하게 됐어요."

"…왜?"

"알고 보니 좋지 못한 사람이더라고요. 그래서 파혼하게 됐어요. 그냥 눈감고 결혼할까 하다가 그래도 이혼보단 파혼이 낫겠다 싶어서 그렇게 했어요. 팀장님은 결혼하셨죠?"

나는 어떻게 말할지 망설였다. 그런데 이상하게도 나도 모르게 덤덤히 말하고 있었다.

"나는…. 나도 결혼 안 하게 됐어."

생각보다 아무렇지 않았다. 지선 씨도 나를 이상한 눈으로 보지는 않았다.

"저랑 같네요."

"그러네."

"너무 신경 쓰지 마세요. 저는 파혼하고 나서 바로 다른 회사에 스카우트돼서 눈코 뜰 새 없이 바쁘다 보니, 다른 건 신경 쓸 새가 없더라고요."

"이직한 거야?"

"네. 신생 회사라서 아쉬운 게 있긴 해도 전망도 좋고 무엇보다 사람들이 괜찮아요. 그런데 뭐하던 중이셨어요?"

나는 이력서를 쓰고 있었다고 말했다. 그러자 지선 씨는 반색하며 말했다.

"그래요? 마침 우리 회사도 경력직 직원 구하고 있는데, 혹시 생각 있으면 우리 회사에 지원해 보실래요? 여기예요."

지선 씨가 내민 건 명함이었다. 나도 들어본 적이 있는 회사였다.

지선 씨가 가고 난 뒤에 나는 이력서 작성을 마쳤다. 그리고 정성 들여 쓴 이력서를 지원하려 메일함을 열었다. 그러다 문득, 지선 씨가 두고 간 명함에 눈길이 갔다. 나는 이력서를 보낼 회사 목록에 명함에 적힌 회사의 메일 주소도 추가했다.

전송 버튼을 누르고 가만히 창밖을 내다보았다. 늦은 오후였지만 아직, 어둡지는 않았다.

〈끝〉

| 작가의 말 |

　자기 행복을 위해 타인의 인생을 기꺼이 버릴 수 있는 사람의 인생은 과연 어떤 모습일까요. 이 소설은 바로 그 질문에서 출발했습니다. 물론, 이 이야기는 누군가의 '뒷이야기'이기도 합니다.

　주인공은 오직 자신이 행복할 수만 있다면 누군가 불행해져도 상관없다고 생각하지만, 끝내 미처 알지 못했던 인생의 트릭을 마주합니다. 이 과정을 통해, 인생은 결코 이기적인 사람만이 많은 걸 그리고 모든 걸 얻는 것이 아니라는 이야기를 하고 싶었습니다. 많은 걸 가졌다고 생각한 순간, 예상치 못한 일들이 일어났고, 또 일어날 수 있는지…. 저는 그런 흥미로운 순간들을 써보고 싶었습니다. 그래서 이 이야기는 누군가의 '뒷이야기'이자 또 '앞'에서 맞닥뜨릴 수 있는 이야기이기도 합니다.

  이 글이 누군가에겐 위로가, 누군가에겐 회복의 시간이 되었으면 합니다. 이 책이 나올 수 있도록 도와주신 김명래 편집자님께 감사드리며, 출판사 식구들과 이 책을 읽는 모든 분에게 행복이 찾아들길 소망합니다.

  사는 일이 누구에게나 때로는 고통스럽겠지만, 모두가 안원한 삶의 고통이 안온한 평화로 바뀌는 순간이 오기를 진심으로 바랍니다.

— 2025년 7월 마지막 날의 새벽 한가운데서.

미필적 고의

초판 1쇄 인쇄	2025년 9월 8일
초판 1쇄 발행	2025년 9월 18일
지은이	기윤슬
총괄	김명래
책임편집	김명래
디자인	301페이지 이정현
책임마케팅	최혜령, 박지수, 도우리
마케팅	콘텐츠 IP 사업본부
해외사업	한승빈, 박고은
경영지원	백선희, 권영환, 이기경, 최민선
제작	제이오
교정·교열	노은정
펴낸이	서현동
펴낸곳	㈜오팬하우스
출판등록	2024년 5월 16일 제2024-000141호
주소	서울특별시 강남구 테헤란로 419, 11층 (삼성동, 강남파이낸스플라자)
이메일	info@ofh.co.kr

ⓒ기윤슬 2025
ISBN 979-11-94979-48-7 (03810)

한끼는 ㈜오팬하우스의 출판브랜드입니다.

- 이 책은 저작권법에 따라 보호받는 저작물이므로 무단전재와 무단복제를 금지하며, 이 책 내용의 전부 또는 일부를 이용하려면 반드시 저작권자와 ㈜오팬하우스의 서면동의를 받아야 합니다.
- 책값은 뒤표지에 표시되어 있습니다.
- 잘못된 책은 구입하신 서점에서 바꿔드립니다.